KB178262

<중국 여행기 1: 북경, 장가계, 상해, 항주>

크다고 기죽어 ?

송근원

〈중국 여행기 1: 북경, 장가계, 상해, 항주〉

크다고 기죽어 ?

발 행 | 2023년 2월 2일

저 자 | 송근원

펴낸이 | 한건희

펴낸곳 | 주식회사 부크크

출판사등록 | 2014.07.15.(제2014-16호)

주 소 | 서울특별시 금천구 가산디지털 1로 119 SK트윈타워 A동 305호

전 화 | 1670-8316

이메일 | info@bookk.co.kr

ISBN | 979-11-410-1433-9

www.bookk.co.kr

ⓒ 송근원 2023

본 책 내용의 전부 또는 일부를 재사용하려면 반드시 출처를 밝혀야 합니다.

중국은 큰 나라이다.

인구도 많고, 땅도 넓다. 그래서 볼거리도 많다.

중국을 처음 방문한 것은 2003년 봄이다.

북경에 세미나가 있어 갔다가 자금성과 만리장성 등을 돌아본 것이 처음이었다.

그때 느낌이란, 자금성이나 만리장성이나 크기만 컸지 별로 아름다운 건축물은 아니라는 것이었다.

아기자기하거나 여유가 있는 그런 공간이 아니었다.

동양화로 말한다면 화선지에 그림이 그것도 큰 그림이 꽉 들어차 있는 그런 느낌이었다.

여백의 미라곤 조금도 찾아볼 수 없이 크기만 한 그림!

이 생각은 지금도 변함이 없다.

그리고 또 다른 느낌은 황사가 심하여 과연 이러한 곳에서 사람이 살 수 있을까라는 느낌이었다.

그 다음 중국에 간 것은 2005년 7월이었는데, 행선지는 장가계였다.

그림에서만 보았던 신선들이 사는 산 같은 거룩한 느낌이 드는 그런 산이어서 꼭 가보고 싶었던 곳이었다.

우리나라 설악산에서 받았던 느낌을 사진을 통해서 느껴오다가 용기를 낸 것이다.

금강산이 일만 이천 봉이라는데, 이곳은 12만 봉이라나 뭐라나, 봉우리가 많기도 하고 산들이 수려하기도 하다.

풍광이 좋은 곳이다.

그 다음, 2012년 1월 초에 옛 제자인 이제는 같이 늙어가는 문00 사장 부부와 함께 찾은 곳이 상해, 항주, 소주, 주가각이다.

이곳 역시 대도시로 뻗어나가며 자본주의의 극치를 보여주는 곳으로서의 상해와, 아름다운 풍광을 자랑하는 항주와 소주, 그리고 수상도시로서 옛 정취를 느끼게 해주는 주가각은 나름대로 볼 만한 곳이었다.

더욱이 마음 맞는 동반자들이 있으니, 더 말할 나위 없이 좋은 여행이었다.

이후 2013년 1월 계림을, 2017년 4월 서안과 화산을, 그리고 8월 황산과 항주를 관광하였는데, 이 부분은 〈중국여행기 2: 신선이 살던 곳〉에서 다루고자 한다.

여기에 쓰인 글들이 읽는 분들의 중국 여행에 조금이나마 도움이 된다면 좋겠다.

2013년 써 놓았던 것을 2017년 가을에 옮겨 쓰고
2019년 4월 전자출판으로 펴내고
2023년 2월 칼라판으로 펴냄
송근원

차례

북경, 만리장성
(2003.2.9~2.12)

장가계, 황룡동굴
(2005.7.5-7.8)

상해, 항주
(2012.1.2~1.3)

주가각, 상해
(2012.1.4~1.5)

1. 중국엔 남한 인구만큼의 백만장자가 있다고

2003.2.9 일

아침 7시 50분에 집을 나섰다.

공항까지는 고속도로로 가면 1시간 안에 갈 수 있을 테니까 9시까지 공항에 모이려면 지금가도 늦지 않을까 생각했으나 이상하게 거리는 한산하다.

무엇인가 이상하다는 생각을 한 순간, "아차 오늘이 일요이이구나"라는 것을 깨닫고는 광안대교로 자동차를 돌렸다.

평일에는 출근시간대인 8시쯤에 황령터널이 엄청 막히는 곳이어서 시내를 통과하려 하였으나, 오늘은 일요일인 것이다.

공항에 도착하니 금세였다.

비행기는 10시 40분 이륙이라서 시간이 많다.

이번 북경 연수에 참여하는 민주평통자문위원들 가운데 남자는 나와 신OO 전 구청장뿐이고 다른 분들은 전부 여자였다.

배웅을 나온 이OO 의장을 따라 아시아나 VIP 라운지에서 비행기를 기다리는 동안 간단하게 빵과 음료수를 대접받았다.

부산에서 북경까지는 비행기로 2시간밖에 안 걸린다.

드디어 비행기는 정시에 이륙하여 북경 공항에 도착하였다.

중국은 개방된 후 빈부격차가 매우 심하다. 55개 소수민족(7%)과 한족(93%)이 함께 사는 중국은 13억 인구 가운데 약 4-5%는 갑부라 한다. 남한 인구에 해당하는 약 5,000만 명이 백만장자라는 것이다.

9억이 농민이고, 중국 인민 대부분은 전기도 잘 안 들어오는 굴속에

북경, 만리장성 편

산다고는 하지만, 이들 백만장자만 대상으로 하더라도 그 구매력은 엄청난 것이다.

새삼 중국 인구가 얼마나 많은지 실감이 난다.

국토는 한반도의 44배, 남한의 96배에 해당하는 960만 제곱미터이고, 산맥, 구릉, 평야 지대가 각각 1/3정도 된다.

이 넓이는 세계 육지 면적의 1/15이고, 국경을 맞대고 있는 나라가 12개국이다.

정치체제는 아직까지 사회주의 국가이지만, 경제체제는 이미 개방되어 자본주의와 거의 다름이 없다.

이곳 북경과 시차는 한 시간이 나고, 돈은 중국 돈 1위안[元 웬]이 우리 돈 160원 정도에 해당하며, 비자는 30일간 체류가 가능하다.

북경은 서울의 3배 정도 되는 넓이인데, 북으로는 50km만 가면 산이 나오지만, 남으로는 4,500km를 달려야 산이 나오는 평야 지대에 위치하고 있다.

이 도시의 옛 이름은 연경(燕京)이고, 명·청(明·淸) 시대에 발달하였다. 약 3,000년 전부터 중국의 역대 왕조의 도읍지로 사용되었으며 중국 정치, 문화, 관광의 중심지이다.

현재 인구는 1,000만 명이며, 우리나라의 신의주와 같은 위도인 북위 40도에 위치하고 있다.

북경 시내로 이동하는 고속도로 왼쪽에는 저들이 '전자성'이라고 부르는, 일본의 전자회사들이 들어가 있는 빌딩들이 밀집해 있으며, 오른쪽으로는 "왕징 거리"가 보인다.

왕징 거리엔 한국인들이 4-5만 명 살고 있으며, 김치 배달이나 자장

1. 중국엔 남한 인구만큼의 백만장자가 있다고

북경 시내

면 배달 등 한국식 서비스가 가능한 곳이라 한다,

북경에도 좋은 아파트들이 많이 있는데, 30평 정도의 아파트 가격은 약 2억 이상 된다고 하는데--예상 외로 한국의 중소도시보다 비싸다--생활비도 비교적 많이 든다고 한다.

물가가 비싸 도시와 농촌간의 차이가 많다.

중국의 물가는 남쪽은 싸고 북쪽은 비싸다. 약 두 배 정도 차이가 난다고 한다.

북경의 한 가운데에는 옛날 청나라 왕이 살던 자금성(紫金城)이 있고, 그 둘레에는 순환도로들이 나 있다.

시내에는 6-70년대의 옛날 건물들이 많이 남아 있다.

북경, 만리장성 편

그러나 세 번째 순환도로 밖에는 현대식 건물들이 대부분이며, 외국인들이 많이 산다.

영사관, 대사관들이 많이 위치하고 있으며, 한국보다 물가가 더 비싼 곳이란다.

북경의 기후는 6-7월엔 무덥고, 가을엔 무척 추운 대륙성 기후이다.

작년 한여름엔 기온이 43도까지 올라갔다고 한다.

그러니 새로 지은 대부분의 현대식 건물엔 에어컨이 들어가 있을 수밖에 없다.

아침, 저녁과 낮과의 기온 차는 약 10도 정도이다.

북경 서역전

여행 안내인이 이곳의 겨울 날씨는 건조하니까 차를 많이 마시는 것이 좋다고 권한다.

차는 공짜지만, 화장실은 공짜가 거의 없다고 한다.

그리고 거리에는 소매치기가 많으니 여권을 잘 챙겨야 한다고.

북경의 두 번째 순환도로는 모택동이 옛

1. 중국엔 남한 인구만큼의 백만장자가 있다고

천단공원

성벽을 헐고 만든 것으로써 신호등이 없다.

옛 성벽에는 황제가 드나드는 문, 싸움터로 출정하는 문 등 9개의 문이 있었다고 한다.

이 문들을 따라 1981년부터 지하철이 건설되어 운영되고 있다.

지하철역에는 자전거가 많다.

이 순환도로 밖에는 강이 흐르는 것처럼 보이지만, 강이 아니고 성을 보호하기 위한 해자이다.

한편 북경의 기차역은 동서남북에 각각 하나씩 있다. 예컨대, 남쪽인 양자강으로 가는 기차는 남쪽 역에서 출발한다.

북쪽으로 가는 기차는 물론 북쪽 역에서 출발하는데, 할빈까지 가는 기차는 예전에는 28시간 걸렸는데, 현재는 22시간 걸린다고 한다.

자금성을 중심으로 동쪽에는 일단, 서쪽은 월단, 남쪽은 천단, 북쪽은

북경, 만리장성 편

지단이 세워져 있는데, 각각 해, 달, 하늘, 땅에 제사를 드리던 곳이다.

오늘 일정은 천단공원부터 둘러보는 것인데, 천단공원은 자금성 남쪽에 있다.

천단공원의 가운데에는 기년전(祈年殿)이라는 건물이 있다.

이곳은 회음벽으로도 유명하다.

회음벽이란 둥글게 벽을 쌓아 어느 곳에서 이야기하든 그 음이 보이지 않는 뒤편으로 전달되도록 설계하였기 때문에 붙은 이름이다.

실제로 경비병들이 수군대다가 들켜서 참수된 경우가 있었다 한다.

왕부정 거리는 중국의 명동이라 할 수 있는 곳으로 한쪽 편으로는 먹거리를 파는 노점들이 포장마차 식으로 죽 늘어서 있는 먹자 거리이고, 다른 쪽에는 백화점이 있다.

백화점에서는 최신형 삼성 휴대폰이 5,000위안(우리 돈으로 약 90만 원)에 팔리고 있다.

왕부정 거리의 백화점에서 잠깐 시간을 보낸 후 5시 30분에 시작하는 서커스를 관람하러 갔다.

1시간 정도 공연하는 서커스는 볼 만했다. 인구가 많아서 그런지 이들이 펼치는 묘기는 사람이 하는 것 같지 않다.

한편으론 훈련을 통해서는 못할 일이 없구나라는 생각도 든다.

6시 30분 저녁은 태가촌에서 남방 요리를 먹기로 되어 있다.

태가촌은 운남, 울남 국경 부근에 사는 소수민족들의 요리를 제공하는 곳인데 식사하는 동안 가무음곡을 곁들여 보여 준다.

이들의 춤과 노래를 들으며 식사를 했는데, 맛이 괜찮다. 춤도 괜찮고.

저녁을 먹은 후 경도(京都) 신원(信苑) 호텔로 돌아오니 7시 반이다.

---

1. 중국엔 남한 인구만큼의 백만장자가 있다고

2. 자금성: 크다고 기죽어?

2003.2.10 월

오늘 오전은 천안문 광장과 자금성 관광이다.

날씨는 침침하고, 조금은 어둡게 느껴지며, 그래서 그런지 시야는 흐리다. 물어보니 전형적인 북경 날씨란다.

게다가 4월에 서쪽에서 황사가 날아오면, 이것보다도 더 침침할 것은 자명한 일이다.

북경시는 16개 구와 2개 군으로 된 직할시이다.

참고로 중국에는 북경, 중경, 천진, 상해의 4개 직할시가 있다.

천안문 광장은 넓이가 40만m², 최대 10만 명을 수용할 수 있는 광장으로서 1959년에 건국 10주년 기념으로 건설되었다.

천안문 광장에 이르자, 거리에는 삼층 누각 형태의 옛 건물이

천안문

북경, 만리장성 편

천안문 광장

보이고, 길을 건너 광장 쪽으로 이동하니 천안문 기념탑과 그 뒤로 국회에 해당하는 인민대회당이 서 있다.

그렇지만, 광장은 생각보다 넓은 것 같지는 않다. 세계 최대의 광장이라고 하는데, 10만 명이 운집할 수 있을 것 같지도 않고. 여기에도 혹시 중국 사람들의 지나친 과장이 섞여 있는 것은 아닌지……

다만 넓은 광장에 서 이곳저곳을 둘러보는데 찬바람이 매서울 뿐이다.

광장 저쪽 편으로 천안문이 보인다.

천안문 성벽에는 모택동 사진이 붙어 있다.

성벽이 높고 길기 때문인지, 1톤이나 나간다는 모택동 사진도 그렇게 크게 보이지 않는다.

2. 자금성: 크다고 기죽어?

성벽도 붉은 색 벽돌로 쌓아 놓은 것으로 밋밋하니 별로 아름답지는 않다.

자금성(紫金城)은 명, 청나라의 황궁이었으며, 총 면적이 72만m²이고, 9,200여 개의 방이 있으며, 동서로 500미터, 성벽 높이가 10미터에 해당하는 궁전으로 고궁(古宮)이라고도 부른다.

100만 명을 수용할 수 있다고 하니 얼마나 큰 궁전인지 알 수 있을 것이다.

자금성 남쪽 문을 오문(午門)이라 하는데, 오문을 지나 자금성 안으로 들어가니 노란 색 기와를 얹은 건청궁, 곤녕전 등 궁전들이 이어져 있다.

'마지막 황제'라는 영화에서 본 그 궁전들이다.

이들 궁전들이 크기는 엄청 크지만, 왜 그런지 그렇게 크게 느껴지지 않는다. 거대한 중국 땅을 다스리는 중국 황제가 살았으니 궁전 또한 크게는 지었지만, 북평이라는 넓은 평원 자체가 워낙 크니, 이 큰 궁전도 크게 느껴지지 않는 것일까?

또한 아무리 크다 한들 결국 누워 자는 자리는 정해져 있는 것을.

자금성에 온 외국 사신들은 자금성의 규모에 벌써 압도되었다고 전하나, 내가 볼 때에는 전혀 압도될 필요가 없을 것 같다.

천자의 권위를 세우기 위해서 크게 지었다지만, 어찌 달리 생각하면, 무식한 짓이라는 생각이 드는 것을 어찌할 수 없으니까 말이다. '정말 무식한 놈들이구나!'라는 생각이 천자의 권위보다 더 앞서는 것은 내가 현대에 살기 때문만은 아닐 것이다.

약소국의 사신들이 겉으로는 굽신굽신거렸겠지만, 그것이야 제 나라를 생각해서 그런 것이지 궁의 크기만 가지고 압도당했겠는가!

북경, 만리장성 편

크기 이외에도 볼 만한 것은 많다.

중국의 궁전을 다른 관점에서 보면, 우리나라에 한참 뒤쳐지는 것을 느낀다.

백성들을 잘 살게 해주는 것, 미학적 관점에서의 아름다움 등 여러 면에서 본다면, 이런 큰 황궁이야말로 어찌 보면 멸시의 대상인 것이다.

예컨대, 이런 궁전을 짓기 위해 얼마나 많은 사람들이 고생을 했겠는가? 혹자는 우리의 궁전들을 중국의 자금성과 비교하면서 부잣집 정원만도 못하다고 하지만, 그만큼 우리의 임금들이 민본주의에 더 충실한 것은 아니었을까?

또한 자금성이 크기만 컸지, 그렇게 아름답지도 않다.

아름답기로는 우리나라의 경복궁이 규모는 작아도 훨씬 아름답다.

자금성은 건물과 건물 또는 정원 사이의 조화가 전혀 이루어지지 않는다.

자금성

2. 자금성: 크다고 기죽어?

지붕도 한국의 궁전처럼 자연스럽게 늘어져 날렵하지 아니하여 밋밋하고, 집들이 붉은 벽으로 둘러 싸여 있으니 아무리 커도 답답해 보인다.

다만 궁전을 오르는 계단, 다리, 난간 등이 옥으로 되어 있고, 거기에는 용, 구름 등이 섬세하게 조각되어 있다는 것은 그런 대로 인정할 만하다.

그러나 전체적으로는 크게 조화되지 못한다. 우리의 불국사가 훨씬 예쁘다.

한편 조각을 유심히 살펴 보건대, 중국의 용은 한국의 용과는 다르다는 것을 알 수 있었다.

용의 발가락이 다섯 개냐, 네 개냐, 세 개냐의 차이보다도, 일단 한국의 용은 통통하여 모양새가 예쁘고 좋은데, 중국의 용들은 몸통이 뱀처럼 길어 별로 예쁘지 않다는 점이 특이하다.

참고로 용의 발가락 다섯 개는 중국 황제만 사용할 수 있고, 왕은 네 개밖에 사용할 수 없다고 한다.

임금이 사는 궁전에 조각되어 있는 용이나 임금이 입는 곤룡포를 유심히 보면 알 수 있다.

자금성 후원에 들어서니, 구멍 바위인 태호석들이 있고, 두 그루의 나무가 사람의 키 높이에서 서로 엉겨 붙어 하나의 나무가 되어 버린 신기한 나무가 있다.

신OO 씨와 사진을 찍고, 자금성의 북쪽 문을 나서니 다리가 아프다.

자금성을 통과하는 데 한 시간은 걸린 것 같다.

자금성 북쪽은 북해공원인데, 산에 오르니 자금성이 한 눈에 내려다보이는 것이 시원하다.

산꼭대기에는 절이 있고, 절에는 여지없이 불전함이 놓여 있다.

북경, 만리장성 편

북해공원에서 본 자금성

사람들은 그 앞에서 절을 하고 돈을 넣는다.

내려다보이는 자금성 오른쪽으로는 해자(垓字)가 있고, 그 건너로는 우리나라의 청와대에 해당하는 중남해(中南海)가 보인다.

'북해공원'이니 '중남해'에서 바다가 없는데, 왜 바다 해(海)자가 들어가는지 독자들은 궁금할 것이다.

워낙 땅이 바다처럼 넓으니까 그러하다고?

천만의 말씀이다. 이것은 한자의 뜻으로만 풀이할 수 없다.

여기에서 해(海)는 옛날에는 '물'을 뜻하였기에 큰 강이나 바다의 의미를 가지며 쓰였다가 나중에 '바다'를 뜻하는 말로 굳어진 것이지만, 여기에서 해(海)는 글자 자체가 가진 뜻으로 풀이할 것이 아니라, 그것이 발음

되는 소리에서 그 의미를 찾아야 할 것이다.

곧, 해(海)의 발음이 우리 옛말에서 어떤 뜻을 가지고 있는지를 찾아보면 그 해답이 나올 수 있는 것이다.

'海'의 우리 옛말은 'ㄱ'과 'ㅎ'이 합쳐진 소리인 'ㄱㅎ이〉가이/하이〉개/해'로서 '물'을 뜻하는 말이기도 하지만, 다른 한편으로는 하늘의 '해'를 가리키던 말이었다가 후에 "신성한(무서운) 동물'이나 '신성한 곳'으로 그 뜻이 확장된 말이기도 하다.

물론 이곳에는 세 개의 호수를 만들어 북해(北海), 중해(中海), 남해(南海)라 불렀고, 북해는 중국 국민들에게 개방하였고, 중해와 남해에는 중국 공산당 기관과 정부 기관이 들어섰기 때문에 그냥 중남해라 불렀다고 할 수 있다.

그러나 왜 호수를 해(海)라 불렀을까?

이는 아마도 우리 옛말 '하이/가이'가 '물'과 '해'의 뜻을 가지고 있으면서 혼용되어 쓰였기 때문으로 보인다. 특히 '해'라는 뜻으로부터 '신성한 곳'이라는 의미가 덧붙여져 쓰인 것으로 생각한다.

그러니 북해공원은 '북쪽 호수의 신성한 공원'이고, 중남해는 '가운데 호수와 남쪽 호수의 신성한 땅'이라는 뜻을 가지고 있는 것 아닐까?

사실 이곳이 옛날 우리 민족들의 생활 터전이었고, 우리가 지배하던 땅이었기에 이런 말들이 살아서 이를 간접적으로 증거하고 있다고 볼 수 있다.

실제로 중국 왕조 가운데 진(秦/晉/陳), 제(齊/濟), 요(遼), 금(金), 원(元), 명(明), 청(淸) 등의 왕조는 모두 동이족이 세운 나라 아니었던가!

북경, 만리장성 편

3. 북경에 침 맞으러 왔나?

2003.2.10 월

만주인이 북경에 살려면 거주증이 필요하다. 그렇지 않으면 고향 앞으로!

지하철 요금은 3위안인데, 어디든지 갈 수 있다고 한다.

중국 사람들은 인간관계를 중시한다.

중국인의 상술은 유명한데, 특히 절강성의 상인들이 유명하다. 대를 이어 상인이 되는데, 어릴 때부터 남의 집에서 숙식하며 장사하는 것을 배운다고 한다.

북해공원 경산 북쪽

따라서 절강성 출신의 부자들이 많은데, 약 2억씩 나가는 아파트를 몇 십 채씩 가지고 있는 부자도 있다고 한다.

점심 메뉴는 전취덕(全聚德)이라는 북경 오리고기인데, 45일 정도 키워 4-5kg 정도된 것을 쓴다.

30일 정도 지나면 입을 벌려서 먹이를 억지로 먹여 살을 찌게 한다고.

꽤 큰 식당에는 왼쪽으로 길게 낭하가 있고, 오른쪽에는 방이 있는데, 낭하의 벽면에는 세계의 유명한 사람들(국가 원수 등)이 방문하여 전취덕을 먹은 사진들이 걸려 있다.

식당의 방으로 안내 받아 먹어보니, 북경 오리구이가 그 이름만큼 괜찮은 것이라는 생각이 든다.

점심 식사 후 북경 시 제 2병원에 들려 공짜로 진맥을 받았다.

이 병원은 중국의 국회의원들을 대상으로 했던 병원이었는데, 모택동 이후 문화 관광 정책의 일환으로 외국인 진료를 허용하였다고 한다.

중국의 병원은 갑, 을, 병, 정의 네 등급이 있고, 그 밑에 개인이 하는 진료소가 있다.

이 가운데, 노란 색 바탕에 붉은 글자로 갑(甲) 자가 있는 간판을 붙인 병원은 외국인 진료가 가능하다고 한다.

이곳 중국의 의사는 한의와 양의가 합동으로 진맥을 한다.

한국인(조선족) 의사인 박봉기 씨가 우리말로 소개(선전?)를 한다.

우리나라의 유명 인사들(송요찬, 최형우, 정인영 씨 등)이 이 병원을 찾았으며, 약재는 자연산 약재만 사용한다고 한다.

인공 재배한 것은 성장 촉진제 등을 사용하기 때문에 약효가 없거나 약하기 때문에 사용하지 않는다고 한다.

예컨대, 인삼을 사용하지 않고 산삼을 사용한다고, 그래서 약값이 비싸다나.

일행은 공짜로 진맥을 받고, 고가의 약을 처방받는다.

침은 우리 돈으로 5,000원에 놓아준다.

대부분 일행들은 침을 맞고 고가의 약을 산다.

침 맞으러 왔나?

돈을 좋아하는 중국 정부의 정책이라지만, 거기에 여행사와 결부되어, 고가의 약을 팔기 위한 수단인 것 같다.

진맥은 공짜라지만, 어디가 어떻고, 어디가 어떻고 하면서 약을 먹으라니, 대부분 그 말에 취해서, 그리고 중국의 한의학 수준이 높은 것으로 착각(?)하고, 사기 마련이다.

허기야 건강이 제일이지만.

그 다음 들린 곳이 북경대학교인데 조금은 허술하고 지저분하다는 느낌이 든다.

이곳의 최저 봉급

북경대학교

이화원

은 600위안(약 10만 원)인데, 교수, 판사 등 지식인이 외국에 나가면 작
은 봉급 때문에 귀국하지 않는 사례가 많아 요즘 월급을 올렸다고 한다.

예전에 4-500위안 하던 소학교 교장 월급을 96년부터 1,000위안으로
올렸다.

그러나 북경에 있는 SK 직원의 월급이 8,500위안(약 120만 원)이니
이에 비하면 한참 적은 것이다.

교수들 봉급은 박봉인데 비하여 우수한 학생들 가운데에는 졸업 전에
백만장자가 된 학생들도 있다 한다. 예컨대, 컴퓨터 부품을 발명하여 회사
에 판매하는 경우가 그렇다고.

북경대학을 나와 이화원(頤和園)으로 향했다.

이화원은 중국 최대의 정원으로 면적이 290만m²로 천안문 광장의 6
배에 해당한다.

그 가운데 3/4이 호수인데, 호숫가를 따라 비를 맞지 않도록 지어 놓
은 회랑의 길이가 728m이니 그 규모를 알 만하다.

북경, 만리장성 편

회랑을 따라 죽 걸으면서 주변 경치를 보니 그저 그렇다.

풍광이 좋기는 하지만, 걷는 것도 이제 다리가 아프다. 그러니 커 봐야 별 볼일 없는 것이다.

호수는 얼어붙어 사람들이 그 위로 걸어가는 것이 보인다.

이화원은 48년 동안 중국을 통치했던 서태후의 별장이라는데, 이 인공 호수를 파고 난 흙으로 3개의 인공 산을 만들어 놓았다.

호수와 주변 풍경은 볼 만하다.

또한 곳곳에 세워놓은 기암괴석들과 산 위에 지어 놓은 궁전 등이 아름답다.

이화원의 괴석(장

서태후는 젊은 피부를 유지하려고 진주 가루를 먹고 바르고 했다지만, 결국은 늙음을 막지 못했으리라.

여하튼 중국의 치자(治者)들이 누리는 그 호사는 규모가 크다는 것을 알 수 있다.

그렇지만, 그런다고 행복했을까?

3. 북경에 침 맞으러 왔나?

4. 중국에는 정책 위에 대책이 있다?

2003.2.11 화

오늘 날씨는 예상외로 쾌청하다.

중국인들은 6자와 8자를 좋아한다(8자는 복 복(福)자와 발음이 같기 때문이고, 6자는 모르겠다). 지나가는 자동차 번호가 6자나 8자가 들어가 있는 사람은 소위 빽('뒷배'의 속어)이 있는 사람이란다.

중국인들은 원래 의심이 많은 사람들인데, 요즈음에는 위조지폐가 많아서 100위안짜리를 10위안짜리로 잘 안 바꿔 주며, 돈을 받을 때에도 햇빛에 비추어 본다고 한다.

물론 의심이 많아 은행을 잘 이용하지 않는 것은 물론이고. 96년부터 5일 근무제가 시행되고 있다.

한중 수교 후 교포의 지위가 상승했다고 한다. 관광객이 많아지고, 회사나 가이드 등 일자리가 많아졌으며, 상대적으로 많은 급료를 받기 때문이라 한다.

연변 조선족 자치주에서는 간판을 달 때, 한글은 크게 한자는 작게 써야 할 것이 자치주 법에 규정되어 있다고 한다.

중국 사람들이 지저분하다는 인상을 남기는데 반하여, 교포들은 깨끗하고, 예의바르고, 돈 잘 벌고, 잘 쓰고, 먹고 노는 데 일가견이 있는 사람들이라는 점은 어디에서나 똑 같다.

특히 흑룡강 사람들과 연길 사람들이 머리가 좋고 돈도 잘 번다고 한나.

명13릉으로 가는 길은 북경에서 50km인데 도로가 시원하다.

북경, 만리장성 편

명13릉은 명나라 3대 황제인 영락제부터 숭정제까지 13명의 황제들 능이 있는 곳으로서 북경 교외인 연경군에 있다.

중국의 땅은 모두 국유이며, 따라서 도시 계획대로 집행할 수 있다.

소유는 국가이지만 사용권을 주기 때문에 사고 팔 수는 있다.

예컨대, 아파트는 보통 60년 동안 임대해 주기 때문에 자기 것과 거의 다름이 없다고.

외국인 지역에서는 외국인이 아파트를 살 수도 있다.

그러나 상가 건물 등을 살 때에는 조심해야 한다.

도로를 낼 계획을 미리 알아차리고 파는 경우에 외국인으로서는 정보가 어두워 당할 수밖에 없으니까 말이다.

하루아침에 불도저를 끌고 와 부셔버리면 하소연할 데가 없다고.

북경고속도로는 주식회사로 바뀐 후 서비스가 좋아졌다고 한다.

그리고 시내버스에는 차장이 있는데, 우리나라 60년대와 비슷하다.

중국의 택시는 3km까지 10위안이고 그 후 1km마다 1.6위안씩 올라간다. 모범택시와 일반택시로 나뉘는데, 모범택시가 크고 깨끗하나 가격은 동일하다.

회사에 일정액을 낸 후, 나머지는 자기 수입이라고 한다. 따라서 교통 위반도 가끔 하는데, 이에는 벌점이 가혹하다.

고속도로에서는 6점, 시내에서는 1점이 부과되며, 12점이 되면 운전면허증을 다시 따야 한다.

벌금은 최하가 200위안(30,000원)이라고 한다.

그렇지만, 제대로 시행되는 것은 아닌 모양이다.

"중국에는 정책 위에 대책이 있다."고 하니 말이다.

4. 중국에는 정책 위에 대책이 있다?

명13릉 입구

정책은 정부가 내놓은 것이고, 대책은 이에 대응하여 범법자가 정부의 법망을 교묘히 빠져나가기 위해 내세운 방법인데, 정책보다는 대책이 더 효력이 있기에 이를 빗대어 하는 말이다.

재미있는 것은 대학 입시가 있는 7월 6일부터 7월 8일까지 3일 동안은 공짜라고 한다.

넓은 평야만 있다가 50km를 달리니 산이 보인다.

이제 명13릉에 가까이 온 것이다.

명13릉 지역은 복숭아가 유명하다고 한다.

여름에는 500g짜리 복숭아를 맛볼 수 있는데…….

그래서 그런지 명나라에서는 제사지낼 때 복숭아를 사용한다고 한다. 그 대신 돼지고기를 안 쓴다고 하는데, 그 이유는 잘 모르겠다.

명13릉 가운데 관광객에게 개방된 능은 정릉(定陵)이다.

북경, 만리장성 편

정릉은 명나라 13대 황제인 만력제와 그 황후가 묻혀 있는 곳이다. 1590년 완공되었는데, 6년 걸려 지었으며 백은 팔만 냥이 들었다 한다.

무덤은 지하 27m까지 내려가는 지하궁전인데 2년 2개월 걸려서 발굴하였다 한다.

무덤의 도굴을 막기 위해 공사에 참가한 인부들을 모두 죽였다고 한다.

한편 무덤 밖에서 무덤으로 들어오는 문은 열 수 없도록 여러 가지 장치를 하였지만, 그것을 만든 사람이 또한 그것을 피해 열 수 있는 장치도 만들어 놓았다고 한다.

명13릉 주차장에는 장사꾼들이 털모자며, 옥 방석, 옥 베개 등을 판다.

이들의 눈속임은 가히 놀랄 만하다.

물건을 줄 때, 20달러를 받고는 1달러를 받았다고 딱 잡아떼는 것은 물론이고, 물건 값을 안 받았다고 다시 달라기도 하고…….

그러니 이들과 거래를 할 때에는 물건과 잔돈을 미리 받고 돈을 주어야 한다.

물건을 안 받으면, 바꿔치기해서 조잡한 것으로 주기도 한다.

우리 일행 중에 한 분도 버스에 타고 나서야 값을 두 번 치른 것을 알아차렸다.

여하튼 조심할 일이다.

점심은 샤브샤브로 먹고, 팔달령에 있는 만리장성으로 갔다.

벌써 산이 높고 험하다.

그 높은 산등성에 6,000km, 1만5천 리에 달하는 만리장성을 쌓은 것이다.

북방의 유목 민족인 흉노, 몽고, 여진족의 침입을 막기 위해 옛날 춘

만리장성

추전국 시대 때부터 쌓기 시작하여 명나라 때 완성된 것이다.

그렇지만 그렇다고 나라가 망하지 않았던가?

지금은 케이블카도 있고, 관광으로 돈도 벌지만, 그것을 쌓을 때 동원된 사람들을 생각해 보면…….

만리장성에 오르니 장성이 마치 뱀처럼 구불구불하다.

만리장성에서 나와 지단 공원의 빙등제를 구경하였는데, 별로 볼 것이 못 된다.

여러 가지를 조각한 얼음에 색등을 켜 놓은 것인데, 규모도 적고 별 감흥이 없다.

아마도 한 겨울 할빈에서 하는 빙등제를 보아야 제 맛일 거라는 생각

북경, 만리장성 편

빙등제

이 든다.

저녁을 먹는데, 이제 중국 음식에 질려 버렸다.

기름 냄새는 맡기도 싫다.

할 수 없이 진한 중국 소주로 입가심을 하면서 그냥 집어넣을 수밖에 없다. 처음 한두 번은 괜찮더니만, 계속되니 영 입에 맞질 않는다.

저녁 식사 후 발마사지를 받았는데, 발에다 크림 같은 것을 바르는 것만 빼고는 받을 만하다.

그래도 난생 처음 발이 호강을 한 셈이다.

4. 중국에는 정책 위에 대책이 있다?

5. 중국은 허장성세?

2003.2.12 수

이제 귀국하는 날이다.

오전에 옹화궁을 보고 비행기를 타면 한국이다.

옹화궁은 옹정제가 황제가 되기 전에 살던 집었는데, 몽고와 티베트 민족(장족)의 라마교도들을 무마하기 위하여 라마교 사원으로 하사하였다고 한다.

이 사원에는 하나의 백단목으로 만든 높이 8m, 직경 3m짜리 미륵불 상이 유명하다.

그렇지만 집들이 크기는 한데 너무 붙어 있어 답답하다.

길거리에서 옹화궁으로 들어가는 문은 지붕이 3개로 되어 있는 문인데, 정면에서 보면 크지만, 옆에서 보면 납작한 것이 균형이 잘 안 맞는다.

중국인들의 허장성세를 보는 듯하

옹화궁

26

다.

옹화궁 사자

중국의 문화는 일반적으로 크다. 그리고 꼭 차 있다.

그림도, 예컨대, 우리 그림에서는 여백을 살려 조화를 이루지만, 중국 그림은 꼭 차 있다.

집들도 마찬가지이다. 건물과 건물 사이에 정원이라도 널찍하게 자리 잡아 툭 틔워 놓으면 좋으련만 대부분 그렇지 못하다.

집은 큰데 집 사이의 거리가 그 큰 것에 맞추지 못하니 답답할 수밖에 없다.

아마도 중국 사람들은 그러한 문화에 묻혀서 그런 대로 괜찮은 모양이지만, 한국 사람으로서는 답답한 일이다.

무엇을 모르는 것 같다.

겉만 크지 알맹이는 변변치 못한 것, 그것이 중국이 아닐까?

예컨대, 인구도 세계에서 제일 많고, 자금성은 하나의 도시이며, 만리장성도 '달에서 볼 수 있는 유일한 인공 건축물'이라 할 수 있을 만큼 길고, 이화원도 세계 최대 규모의 정원이고, 어쨌든 규모가 큰 것을 좋아하는 하지만, 그 내용이 그 크기에 따라가지 못하니, 나그네의 눈에는 중국인들의 과장과 허풍이 이런 데에도 배어 있다는 느낌을 지울 수 없다.

〈북경, 만리장성 편 끝〉

6. 중국 비행기에서는 음식을 기대하면 안 된다.

2005.7.5 화

아침부터 비가 내린다.

1시 20분 KTX를 타기 위해 12시쯤 집을 나섰다.

택시를 타고 부산 역에 도착하여 간단히 점심을 먹고 KTX에 오른다.

KTX가 빠르긴 빠르다. 과거에는 부산-서울간 5시간 걸리던 길이 2시간 40분밖에 안 걸린다.

4시경 서울 역 도착, 서부 역에서 4시 반쯤 공항 가는 리무진을 타니 인천 공항에 5시 30분에 도착한다.

서부 역에서 공항 행 리무진 정류장 표시를 좀 잘 해 놓았음 싶다.

표시판이 헛갈린다.

정확하게 5시 30분에 도착하여 오케이투어 직원을 찾는다.

점심을 간단히 때웠더니 배가 출출하다.

7시 30분 비행기이기 때문에 비행기에서 제공하는 저녁은 아무리 빨라도 8시 반이 넘을 것 같다.

항공권을 끊기 위해 여권을 오케이투어 직원에게 맡기고는 공항 지하의 음식점을 찾았다.

공항에서 근무하는 사람들이 잘 찾는다는 음식점은 슈퍼마켓을 겸하고 있었는데, 조금 있으면 비행기에서 저녁을 먹을 거니 너무 많이 먹으면 안 되겠다 싶어 라면 하나를 시켜 주내와 한 젓가락씩 노나 먹는다.

옆의 공항 직원이 먹는 비빔밥이 참으로 먹음직스러워 보인다.

다시 3층으로 올라와 여권과 비행기 표를 찾아들고 중국 남방항공

CZ3084기에 올랐다.

여행사에서 받아온 비행기 표에 표시된 좌석 번호는 가족끼리 앉을 수 있도록 되어 있지 않고 제각각이다.

전세 비행기이니 일단 각각 가족끼리 앉고 자리를 바꾸라고 하는데, 여행팀이 여럿 섞여 있어 짐을 들고 이리저리 부산하다.

객들 중에는 여행사 직원들의 업무 처리에 불평을 늘어놓는다.

그렇지만 그나마 승객 수준이 높으니 그런 대로 문제는 해결된다.

비행기는 약 20분간 시간을 끌더니 7시 50분쯤 이륙한다.

밤 9시쯤 저녁이 나오는데, 쟁반 위에는 면 한 사리와 자장 비슷한 장뿐이다.

장을 넣어 면에 비벼 먹는데, 보이는 것과 똑같이 맛이 없다.

그 맛이나 냄새가 약간 역겹고 거북하기도 하다.

몸에야 해롭겠나 싶어 억지로 밀어 넣는다.

아까 공항 지하에서 비빔밥이 참 맛있어 보였는데……, 이럴 줄 알았더라면 공항에서 저녁을 잘 먹을 걸 괜히 후회가 된다.

아무리 싼 비행기라지만, 기내식이 이렇게 처참할 줄이야! 서비스도 별로 없다. 난생 처음이다.

10시가 넘어서 무한에 도착한다.

무한 비행장에 내려 일단 입국 수속을 해야 한단다.

장가계 공항에서는 입국 수속이 안 되니 무한에서 일단 입국 수속을 하고 난 후 다시 비행기를 타고 장가계로 1시간쯤 가야 한다고 한다.

줄을 서서 입국 수속을 하고 다시 공항을 나와 비행기를 타고, 그러는 데 1시간이 후딱 지난다.

이곳은 한국보다 한 시간 시차가 있다.

중국 시간으로 10시 반에 출발하는 비행기가 11시 반이 되어서야 장가계로 출발한다.

장가계에 도착하니 0시 30분, 우리나라 시간으로는 새벽 1시가 조금 넘었다.

공항에서 내리니 기봉(奇峰)과 함께 천문선산(天門仙山)이라고 쓴 김용(金鏞)의 글씨가 눈에 들어온다.

곧 버스를 타고 1-2분도 안 되어 세기국제호텔이라는 한글 간판과 천문산대주점(天門山大酒店)이라는 중국 간판이 들어온다.

한글 간판이 큼직한 것을 보면 얼마나 한국 사람들이 많이 오는 지 알 수 있다.

방을 배정받고, 샤워를 한 후 자리에 드니 새벽 1시 반이다.

6. 중국 비행기에서는 음식을 기대해선 안 된다.

7. 하늘 문이 열려 있는, 신선이 사는 산

2005.7.6 수

새벽 6시에 일어났으니 4시간 남짓 잔 것이다.

여하튼 여행을 하면 부지런해진다.

창문을 여니 앞에 천산(天山)이 보이고 하늘 문[天門 천문]이 보인다.

큰 산 한 편에 구멍이 뚫려 있는 것이 분명 하늘 문이다.

그 옆으로 구름이 흐른다.

김용의 말 그대로 무협소설에 나오는 하늘 문이 있는, 신선이 산다는 천문선산(天門仙山)이다.

천문선산(天門仙山)의 하늘 문

장가계, 황룡동굴 편

배정받은 방의 베란다에서 천문이 정면으로 보이니 이 또한 행운이다.

1987년 20여 개국에서 비행기로 이 하늘 문을 통과하는 경연대회가 열렸다는데 호주에서 온 여자 비행사만 이 하늘 문을 통과하였다고 한다.

천문산(天門山)의 높이는 약 1,800미터인데, 아직 관광객에게 개방되지는 않고 있다. 올 10월 1일부터 관광객에게 개방할 거라는데, 한 번 오르고 싶은 산이다.

현지 여행 가이드는 오학철이라는 곱상하게 생긴 23세 된 청년인데, 연변에서 46시간 동안 기차 타고 이곳에 와 가이드를 한다고 한다.

호텔에서 장가계 시로 들어가는 오른쪽에는 토가족(土家族) 박물관이 있고, 오른쪽으로는 장가계 광장이 보인다.

장가계 시는 중국 호남성 서북부에 위치하고 있는 중국 제일의 국가 삼림공원으로서 원래는 대용 시였는데 1994년에 중국 국무원에서 대용을 장가계 시로 승격시켰다.

부근에 양자강 중류와 동정호가 자리 잡고 있다. 흔히 장가계라고 부르지만, 정확하게는 무릉원 관광구이며, 장가계, 천자산, 삭계욕 등 3개의 풍경구로 구성되어 있다.

1988년에 첫 국립공원으로 지정되었고 1992년에 세계자연유산으로 지정되었다.

무릉원(武陵源)은 가장 높은 봉우리가 1,334m이고, 풍경구의 전체 면적은 264㎢에 달한다. 공원 안에는 2,000여 종의 식물과 28종의 진귀한 야생 동물들이 서식하고 있다.

약 3억 8천만 년 전 이곳은 망망한 바다였으나 지구의 지각운동으로 해저가 육지로 솟아올랐고, 억만 년의 침수와 자연 붕괴 등 자연의 영향으로 오늘의 깊은 협곡과 기이한 봉우리가 형성되었으며, 그 기이한 산세 때문에 수많은 학자와 전문가들은 무릉원을 '대자연의 미궁'과 '지구의 기념물'이라 부른다.

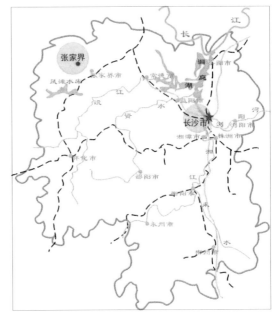

중국 호남성 지도: 장사 시, 장가계 시, 장강과 동정호

"사람이 태어나서 장가계에 가보지 않았다면, 100세가 되어도 어찌 늙었다고 말할 수가 있겠는가人生不到張家界, 白歲豈能稱老翁?"라는 말이 있을 정도로 장가계가 아름다운 곳이라니 기대가 간다.

이곳은 아열대 기후에 속하며, 연평균 16℃ 정도이며, 한겨울 추울 때는 0℃ 정도인데, 오늘은 37℃라고 한다.

연 강우량은 1,400mm 정도이며, 일 년 내내 비가 오는 날이 많다고 한다. 따라서 비가 안 오면 행운이라는데, 날씨는 아주 맑고 좋다.

장가계(張家界) 시의 총인구는 약 160만 명이며, 20여 개의 소수민족이 살고 있다.

총 인구의 70% 정도가 토가족(土家族)이고, 백족(白族)이 약 10만 명, 묘족(苗族)이 약 3만 명 정도 산다.

가이드 말로는 중국에서 우리 동포들이 가장 많이 사는 곳이 연변이고, 두 번째로 많이 사는 곳이 이곳 장가계란다.

이동 인구 중에는 한국 여행객이 가장 많고, 따라서 이들 때문에 여행 가이드, 식당, 기념품 점 등 한국과 관련된 직업이 많기 때문에 이곳에 우리 동포들이 모여들었기 때문이란다.

교포 여행 가이드만 200명이 넘는다니 이곳에 다녀가는 한국 여행객이 얼마나 많은지 짐작할 수 있다.

우리나라가 장가계 시를 먹여 살린다고 해도 과언이 아니란다.

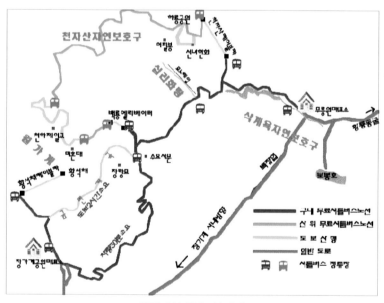

장가계의 주요 볼거리

7. 하늘 문이 열려 있는 신선이 사는 산

장가계(張家界)란 뜻은 장(張)씨들이 사는 지역이라는 뜻으로서, 한(漢)나라 유방의 참모였던 장량이 천하를 통일한 후, 유방을 떠나 이곳에 은둔하여 숨어 살았기 때문에 붙여진 이름이라 한다.

중국 역사에서 유방(劉邦)이 초(楚)나라 항우를 무찌르고 한(漢)나라를 건국할 때, 지략가인 장량, 야전사령관인 한신, 그리고 행정과 병참을 담당하던 소하의 도움을 받았는데, 유방은 이들이 반란을 일으킬까 걱정하여 이들 모두를 제거하려 하였는데, 이때 장량은 유방의 속마음을 알고 도망가 은둔하듯 숨어들었던 곳이 바로 현재의 장가계라고 한다.

한편, 동료였던 한신은 장량이 유방의 곁을 떠날 것을 제의했으나 그 권고를 거부하고 그대로 권좌의 주변에 머물다 결국 유방에게 죽는다.

권력의 속성에 따른 유방의 토사구팽(兎射拘烹: '토끼를 사냥한 후 개는 쓸모가 없으니 삶아 먹는다.'는 속담)의 속내를 읽은 장량은 목숨이 위태로움을 알고 이곳으로 피한 것이다.

그 후 장량의 후손들이 퍼지면서 장(張)씨들이 사는 지역이라는 뜻에서 장가계라는 명칭이 유래되었다고 한다.

실제로 웅장하고도 수려한 산 아래에 시내가 흐르고 길이 나뉘면서 삼거리가 된 곳에 '장량의 묘'라는 표지판이 있다.

장가계에서 볼 만한 곳은 황석채, 원가계, 보봉호, 황룡동굴 등이다.

황석채와 원가계는 협곡 속에 치솟은 산봉우리들이, 산정호수인 보봉호는 비취색 물과 어울린 봉우리들이, 그리고 황룡동굴은 굴속에서 배를 타고 지나가는 것과 동굴 곳곳의 석순과 종유석들이 볼만하다.

8. 장가계 12만 봉?

2005.7.6 수

오늘 오르는 곳은 황석채(黃石寨)이다.

입장권을 사서 지문을 찍고 매표소를 통과한다. 문을 찍는 이유는 내일도 이 입장권을 사용하여야 하는데, 다른 사람이 못쓰게 하려 함이다.

원주민들의 토속적 삶의 모습과는 매우 대조적인 최첨단 시스템의 전자카드이다.

다음날 다시 들어갈 때에는 전날 받은 카드를 기계에 끼워 넣고 지문인식기에 오른손 엄지손가락만 갖다 대면 된다.

그러니 카드를 잃어버리면 안 된다.

매표소를 통과하여 조금 걷다 보니 오른쪽으로는 굵은 대나무들이 하늘로 힘차게 솟아 있고 원숭이도 보인다.

황석채로 올라가는 케이블카 타는 곳까지는 무료 셔틀버스를 타면 된다.

셔틀버스 타는 곳으로 이동하면서 주위를 둘러보니 수많은 사람들이 사진을 찍느라 법석이다.

주변의 기봉(奇峰)들을 배경으로.

케이블카 타러가는 길 오른편의 기봉

오지봉

셔틀버스를 기다리는데 나무 중간에 손바닥만 한 청개구리가 붙어 있는 것이 눈에 띈다.

케이블카를 타기 위해서 줄을 섰는데 우리 앞으로 한 오백 미터는 늘어져 있는 듯싶다.

한국 사람이 반 정도, 중국 사람이 반 정도 되는 것 같다.

오늘이 평일임에도 이렇게 사람이 많으니 주말에는 얼마나 기다릴까 싶다.

줄을 서서 차례를 기다리는데, 주위가 여간 시끄러운 것이 아니다. 평생 경상도 사람들만 시끄러운 줄 알았는데, 중국 사람들이 더하면 더했지

적성대

그에 못지않다.

아마도 못 알아들으니 더욱 시끄럽게만 느끼는 것인지는 모르겠다. 여하튼 시끄러운 사람들이다.

한참을 기다린 후 케이블카를 타고 좌우의 기봉들을 보면서 황석채에 오른다. 도보로도 갈 수 있다는데, 경사가 심한 돌계단을 2시간 정도 올라야 한다고 한다.

1,100미터의 황석채 산정에서 바라보는 산봉우리들이 참으로 절경이다. '황석채에 오르지 않으면 장가계에 온 것이 아니다[不登黃獅寨, 枉到張家界]'라는 말이 있다는데 그럴 수 있겠다 싶다.

황석채(黃石寨)는 황사채(黃獅寨)라고도 부른다.

한(漢)나라의 장량(張良)이 이곳에서 숨어 살며 유방에게 쫓기고 있을 때 사부인 황석공(黃石公)이 구출해 주었다고 해서 '황석채'라는 지명이 붙여졌다는데, 황석채의 모양이 숫사자 같아 황사채(黃獅寨)라고 부르기도 한다.

황석공은 장량이 어린 시절 만난 스승이라는데, 여기에는 다음과 같은 일화가 전해져 온다.

곧, 장량이 어렸을 때 서당에 다녀오다가 어떤 노인을 만났는데, 이 노인네 다리 위에서 냇물에 짚신을 빠트렸겄다.

이를 본 장량이 얼른 내려가 시냇물에 빠진 짚신을 건져 이 노인네에게 가져다주었다는데, 어이쿠 이 노인네 다시 또 짚신을 빠트렸고, 장량은 또 다시 짚신을 건져 공손히 이 노인네에게 가져다주었다.

그런데 이 노인네 재미가 들렸는지 또다시 짚신을 물에 빠트렸다.

그러나 장량은 다시 뛰어 내려가 짚신을 건져 갖다 바치니, 이 노인네 왈 "허 그놈 참 쓸 만하구만!" 하더니 "내일 아침에 뒷산 느티나무 밑으로 오너라. 너에게 줄 것이 있으니." 하고는 사라졌다.

다음날 장량은 노인을 기다리게 할 수 없다 생각하여, 새벽에 나갔는데, 아니 그 노인네 밤잠도 없는지 벌써 거기에 와 있네.

"허! 요놈, 어른을 기다리게 하다니! 내일 새벽에 다시 오너라."

다음날은 더 일찍 집을 나섰는데, 역시 그 노인네가 먼저 와 있었고, 또 다시 호통을 들어야 했다.

장량은 아예 안 되겠다 싶어 그날 저녁부터 밤을 새워 기다려서 다음 날 새벽 노인네를 만날 수 있었다.

이 노인네, 책 한 권을 주면서 "요걸 열심히 읽고 공부하면 천하를 얻을 수 있을 것이다. 그렇지만 명심할 것은 천하를 통일한 후 재빨리 황제

장가계, 황룡동굴 편

곁을 떠나 산속에 숨어야 하느니." 하고는 슬쩍 사라졌다고 한다.

실제로 유방이 천하를 통일한 후, 황제의 권력을 공고히 하기 위해 통일에 공을 세운 소하, 한신 등 공신들을 모두 죽였다고 한다. 장량은 이 노인네 말대로 재빨리 도망쳐서 무사했고!

그런데 이 노인네 이름도 안 갈쳐 줬으니 모르겠고……,

그래서 세상 사람들이 그 노인네 있던 자리를 보니 누런 돌덩이리가 하나 있어 그냥 황석공이라 불렀다 한다.

황석공과 장량이 황사채에 숨어 있을 때 먹을 것이 떨어졌는데, 도사였던 황석공이 하늘에 기도하자 하늘에서 잉어 두 마리가 떨어졌다고 한다.

장량은 이 잉어를 먹지 않고 자신을 뒤쫓는 유방의 부하들에게 노나 주었다 한다.

유방의 부하들은 잉어를 먹은 후, "산위의 장량은 먹을 것이 풍부한 모양인데, 우리는 먹을 것이 없으니 더 이상 싸울 수 없구나. 고만 돌아가자." 하여 철군했다는 전설이 전한다.

황석채 케이블카에서 내려 적성대로 올라서서 동서남북을 바라보니 기경은 기경이다.

남쪽 하늘을 지탱하고 있다는 남천일주(南天一柱), 손가락을 오므리거나 편 것처럼 보이는 오지봉(五指峰), 하늘의 별이 손에 잡힐 듯한 적성대(摘星臺), 안개 바다 속의 금붕어[霧海金魚 무래금에] 등 이름도 재미있게 지었다. 그 이름 속에는 봉우리 하나하나에 깃든 전설을 머금고 있다.

모든 봉우리들 사이로 무협소설의 주인공들이 나타날 것 같은 기분이 든다.

사람들은 동양화 속의 기봉(奇峰)들을 인간의 상상이 그려놓은 것이라고 생각하지만, 이들은 상상의 산물이 아니고 실제의 산들이다.

우리나라의 설악이나 금강도 그러하고 묘향도 그러하다. 또한 남도의 산들이 그러하다.

남도의 허씨 가문에서 동양화의 대가들이 쏟아져 나온 것은 우연이 절대 아니다. 원래 그림에 소질이 있는데다 늘 그러한 산을 보고 그리니 동양화의 대가가 될 수밖에 없는 것이다.

이런 점에서 볼 때 동양화는 사실화이다. 그런 산을 접하지 못한 사람들에게는 상상 속의 산으로 비추어질지라도 말이다.

이런 점에서 볼 때, 이곳 장가계의 산들은 동양화에 등장할 수 있는 그러한 봉우리들이다.

금강산이 일만 이천 봉이라면 이곳 장가계는 12만 봉이라고 한다. 중국 사람들의 과장기를 감안하더라도 기이한 봉우리들이 많은 것은 사실이다.

사람들을 헤집고 나오는데 햇빛은 쨍쨍, 땀은 비 오듯 흐른다.

장사꾼들은 "천 원," 천 원'을 외친다. 글씨가 쓰여 있는 커다란 접부채를 물어보니 오천 원이란다.

이천 원에 깎아 사들고 한 손으로는 부채를 부치며, 한 손으로는 사진기를 부여잡고 연방 이곳저곳 사진 찍기에 참으로 바쁘다.

가이드의 설명도 별로 귀에 들어오지 않는다.

사람들이 많기도 하려니와 덥기도 한데, 주변의 봉우리들이 그냥 놓아두질 않기 때문이다.

다만 가이드가 가리키는 방향으로 걸으면서 산봉우리와 그 산봉우리 위의 소나무들을 감상하면서 부지런히 걷다보니 어느 새 한 바퀴 휘돌아 다시 케이블카 있는 곳이다.

장가계, 황룡동굴 편

9. 박수 소리에 아가씨가 할머니로 변한다.

2005.7.6 수

케이블카로 황석채를 내려와 버스를 타고 식당으로 간다.

점심을 먹고 이번에는 보봉호로 향한다.

아침도 점심도 별로였다. 역시 싼 게 비지떡일까?

그렇지만 밥 먹을 때마다 테이블 당 맥주가 큰 병으로 두 병씩 나오니 요건 다행이다.

더욱이 대부분이 나이 지긋한 분들이어서 가지고 온 소주를 밥 먹을 때마다 드러내놓고 먹어서 좋다.

맛이 없을 때에는 술로 넘기는 수밖에 없다.

백장협을 지나 보봉호 입구에 이르러 20분 정도 걸어 정상으로 향한다.

보봉호에 오르는 길은 역시 땀투성이이다.

보봉호

일단 오르는 길 왼쪽으로 보봉호에서 흘러나오는 물을 가지고 인공폭포를 만들었는데, 시원해 보인다.

폭포 밑에는 누각이 서 있고.

보봉호

그런데 중국의 정자나 누각은 처마 끝이 너무 올라가 있다.

그것이 화려한 감은 주지만, 우리나라의 정자처럼 그윽한 멋은 풍기지 않는다.

길가에는 가마꾼들이 "가마 이만 원, 이만 원" 하면서 호객을 한다.

긴 대나무 두 개 가운데에는 의자가 있고 손님이 앉으면 앞뒤에서 가마꾼 둘이 메고 보봉호로 올라가는 것이다.

실제로 이를 타고 가면, 4만원을 내라고 할 게 뻔하다.

"이만 원이라고 하지 않았느냐?"고 따지면, 이만 원이라는 것은 가마꾼 한 사람당이라는 것이다.

이래저래 중국 상인들의 바가지는 알아주어야 한다.

장가계, 황룡동굴 편

보봉호: 유람선을 타고

보통 값을 반 이하로 깎아야 한다.

어떤 경우에는 십분의 일로 깎아 사는 경우도 있다.

그렇지만 반이나 삼분의 일 정도만 깎고 그럴 듯 속아주는 것도 좋은 일 아닐까 싶다.

그래도 사는 사람에게는 싼 것이고, 저들에게는 횡재를 주는 것이니 말이다.

보봉호는 해발 430m의 반은 인공호수이고 반은 자연적인 호수로서 자연과 인간이 함께 창작한 걸작품이다.

1970년대에 이곳에 사는 촌민들이 댐을 막아 발전을 하려다가 풍경이 수려한 저수지를 만들어 낸 것이다.

9. 박수 소리에 아가씨가 할머니로 변한다.

길이는 2.5㎞이고, 제일 깊은 곳은 119.7m이고, 평균 수심이 72m이다. 제일 넓은 곳은 그 폭이 150m, 제일 좁은 곳은 10여m이고, 땜의 높이는 80m로서 일종의 산정 호수인 셈이다.

이 아름다운 호수는 주위의 신비한 봉우리들과 어울려 무릉원 수경(水景) 중의 대표작이라 할 수 있다.

1990년대부터 보봉호는 말레이시아의 보리실업발전유한회사가 임대하여 경영하고 있다.

보봉호는 보배 보(寶)자에 봉우리 봉(峯)자, 이름 그대로 봉우리 속의 보배 같은 호수이다.

호수 안에는 작은 섬이 있고, 바깥쪽으로는 기이한 봉우리들이 솟아 있으면서 호수를 감싸 안고 있기 때문에 위에서 내려다보면 마치 산속에 비취 알맹이가 있는 것 같은 느낌을 준다. 실제 물 빛깔도 비취색이다.

이 호수에는 아기 고기가 산다고 한다.

아기 고기는 앞발이 네 개, 뒷발이 다섯 개라는데 국가 2급 보호 고기라 한다.

뒷발이 하나 더 있다니, 혹 수놈이라서 그런 건 아닐까라는 생각이 든다.

이 고기 한 점을 먹으면 10년이 젊어지고, 두 점을 먹으면 20년이 젊어진다는데……, 세 점을 먹으면? 붙잡혀 간단다.

국가급 보호 고기이니까, 함부로 막 잡아먹을 수는 없기 때문이라고.

정상에 이르자 내리막길 앞에 그림 같은 호수가 보인다.

오른쪽 길을 돌아 배에 오르자 배는 유람을 시작한다.

배가 가는 길에 오른 쪽 호숫가에 정박된 배와 배 위에 지은 집이 눈

장가계, 황룡동굴 편

에 들어온다.

가이드 말로는 박수를 힘껏 치면 토가족 아가씨가 나와서 노래를 부른다고 한다.

만약 박수가 시원찮으면 할머니가 나온다나! 우리의 박수 소리가 아가씨를 할머니로도 만드는 재주가 있는 모양이다.

모두 박수를 치니, 토가족 아가씨가 뱃머리로 나와 노래를 부르는데 참으로 목소리가 깨끗하고 낭랑하다.

토가족들의 사랑 노래라는데, 노래 내용은 물론 들어도 모른다. 다만 목소리가 너무나 청아한 것이 가슴에 깊이 남는다.

나중에 알고 보니 마지막 구절이 "내가 마음에 들면 후렴구를 불러주오."라는 뜻의 구혼가라고 한다.

이때 총각이 후렴구를 부르면 결혼을 하여야 한다고 한다.

배를 타니 시원하다. 주변 경관이

보봉호에서 내려오는 길

9. 박수 소리에 아가씨가 할머니로 변한다.

보봉호의 인공폭포

좋은 것은 말할 필요가 없다.

가이드는 계속 공작새 바위, 000 바위 등등 바위에 얽힌 전설을 이야기하는데 어디에 그런 봉우리가 있는가, 어디에 그런 바위가 있는가 연신 좇아가기만 바쁠 뿐이다.

사람들이 만들어낸 그럴듯한 이야기들인지라 한참을 좇아야 그것이 눈에 들어오는 것이다.

배를 타고 호수를 한 바퀴 휘돌아 나올 때에도 역시 낡은 배 한 척에서 이번에는 청년이 나와 노래를 부른다.

역시 처녀가 이에 대한 답가를 부르면, 이 총각과 결혼할 의사가 있다는 걸 나타내주는 것이다.

그러니 행여 배를 타고 유람할 때, 처녀와 총각들은 함부로 노래를 부르면 안 된다. 잘못하면 보봉호에 붙잡혀 평생을 살아야 할지 모르니까!

토가족들에게 여자는 하늘, 남자는 땅이라고 한다.

장가계, 황룡동굴 편

　남자는 아침 일찍 일어나 쌀국수를 말아 먹고 출근하여 돈을 벌고, 저녁 때 퇴근하면 설거지를 해야 하고 밀린 빨래도 해야 한다고 한다.

　반면에 여자들은 실컷 자고 12시쯤 일어나 친구들과 모여 쇼핑을 하거나 도박을 한다고 한다.

　이곳 초등학생들은 볼펜을 두 개 꽂고 다니고, 고등학생은 세 개를, 대학생은 네 개를 꽂고 다닌다고 한다.

　그렇다면 볼펜 다섯 개를 꽂고 다니는 사람은? 볼펜장사란다.

　가이드의 우스개와 주변 경치에 취하여 그런대로 즐겁게, 그리고 덥지 않게 보봉호에서 돌아 나오면서 쳐다보니 맞은편 저쪽 산봉우리 사이에 걸쳐 있는 다리가 보인다.

　칠석날 토가족 처녀 총각들이 만나는 곳이라고 한다.

　약 40분 정도 걸리는 배 유람으로 땀을 식힌 후 보봉호를 나와 이제는 수십 길 되는 계단을 빙글빙글 돌아 내려오니 이번에는 왼쪽으로 인공 폭포가 보인다.

9. 박수 소리에 아가씨가 할머니로 변한다.

10. 동굴 속에서 뱃놀이를!

2005.7.6 수

보봉호에서 나와 황룡동굴로 향한다.

황룡동굴 입구에 버스를 세우고 동글 입구까지 걷는데, 길거리에는 가게들이 즐비하다.

과일 가게, 모자 가게, 옷가게, 기념품 가게 등이 주욱 늘어서 있는데 여기저기서 들려오는 소리가 "천 원, 천 원"이다.

조그마한 부채들이 천 원이고, 햇빛을 가리는 고급스러운 밀짚모자가 천원이다. 또한 티베트 지역에서만 난다는 천주라는 보석 팔찌가 천 원이다.

모든 게 퇴계 선생만 모시고 있으면 해결된다.

애써 외면하면서 동굴 입구에 이르는데, 주내는 마음에 드는 조그마한 부채를 깎고 깎아 3,000원에 사고는 돈을 던져주고 달려온다. 5,000원 달라는 것을 깎는데 "안 된다."는 것을 3,000원만 내 던지고 온 것이다.

그렇지만 나중에 알고 보니 단돈 천 원에도 살 수 있는 물건이었다.

무릉원 제일 동쪽의 삭계곡 풍경구에서 북쪽으로 7킬로미터 떨어진 곳에 있는 황룡동굴은 1983년에 발견되었는데, 지각 운동으로 이루어진 석회암 용암동굴로서 중국 10대 용암동굴 중의 하나이며, 아시아에서 두 번째로 큰 동굴이라 한다(제일 큰 용안동굴은 제주도의 만장굴이다).

동굴은 4층으로 되어 있고, 아래의 두 개 층에는 4개의 시내가 흐른다. 총 면적은 618ha이고 동굴을 지탱하고 있는 종유석 기둥의 길이를 모두 합하면 1.4㎞에 달한다는데 중국인 특유의 뻥(?)이 아닌가 생각되기도 한다.

장가계, 황룡동굴 편

4개 층의 총 길이는 15km이며, 동굴 안에는 폭포와 호수와 수많은 기이한 돌순, 돌고드름, 돌기둥 등이 색색깔의 전등 빛을 받아 휘황찬란하게 어우러져 있다.

그 아름다움 때문에 '중화 최대의 아름다운 저택,' '중국의 국실(國室),' '종유동 중의 최고'라는 이름들이 따라다닌다.

동굴 내에는 한 곳의 물구덩이와 두 곳의 하류, 세 개의 폭포, 네 개의 연못, 13개의 궁정, 96개의 길이 있고, 각각 석유, 석주, 석화, 석포 등으로 이루어져 있다.

동굴 안에 흐르는 시내 중 하나는 향수하(鄕愁河)라 부르는데, 길이가 2,820m이고 평균 수심이 6m이며, 최고 깊은 곳은 12m란다. 수온은 섭

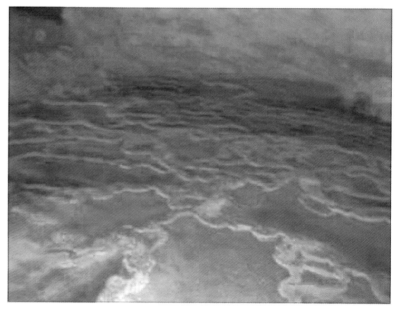

황룡동굴 안의 굴곡진 바닥

10. 동굴 속에서 뱃놀이를!

황룡동굴의 석순들

씨 16도이다.

동굴에 들어가니 행복의 문과 장수의 문이 있는데, 어느 것을 택하는가는 나그네의 생각에 달려 있다.

동굴을 구경하는 데는 두 가지 방법이 있다. 한 가지는 입구에 들어가서 동굴 내에 있는 강에서 배를 타고 2km쯤 들어간 후 걸어가면서 구경하고 입구 쪽으로 나오는 방법이고, 또 다른 방법은 이와는 반대로 먼저 걷고 나중에 배를 타고 나오는 것이다.

우리는 먼저 배를 타고 나중에 걷기로 했다.

동굴 속에서 20여 명을 태운 배가 소리 없이 앞으로 나아간다. 동굴 속이기 때문에 동굴을 보호하기 위해 배터리를 이용한 배라고 한다.

장가계, 황룡동굴 편

산처럼 생긴 돌순 안의 돌고드름

배를 타고 가면서 돌순, 돌고드름, 돌기둥을 구경한다. 물에 손을 넣어보니 그렇게 차가운 것은 아니다. 시원한 정도이다.

배에서 내려 걸어가는 도중에 나타나는 지하궁전들 속에는 수많은 돌순, 돌고드름, 돌기둥들은 붉고, 푸르고, 노랗고, 초록의 조명발 아래 휘황찬란하게 자태를 뽐내고 있다.

와! 와! 하는 사람들의 감탄사가 끊이지 않는다.

동굴 속이라 별로 덥지는 않다.

저 위에 동굴 안에 놓은 다리가 보인다. 돌을 정교하게 가공해 틀을 맞춰 아치형 다리를 만들었다. 천룡교(天龍橋)라 이름 붙인 이 다리는 길이가 20m 높이가 45m라고 하는데 철 구조물 하나 쓰지 않고 돌로만 되어 있다.

돌순들이 춤추며 노래한다고 하여 가무청(歌舞廳)이라고 이름 붙인 곳을 지나 도달한 곳은 제일 위에 위치한 용궁이다.

굵직한 것, 가는 것, 납작한 것, 푸른 것, 붉은 것, 노란 것, 컴컴한 속에서 두리번거리며 구경을 하며, 입으로는 연신 "와!"라는 감탄사만 나온다.

이 가운데 정해신침(定海神針)이라는 돌기둥은 황룡동에서 가장 큰 돌순으로서 직경 10cm, 높이가 27m로서 침이 천정에 닿아 있는데, 언제 부러질지 몰라 1998년 중국 평안보험공사라는 보험회사에 1억 위안(한국 돈 130억 원)의 보험을 들었다고 한다.

이건 국보급이니까 그렇다 치더라도, 다른 돌순, 돌고드름, 돌기둥들도 볼 만하다. 어떤 것은 조그마한 산처럼 생긴 돌순 안에 돌고드름과 돌순이 자라는 것도 있다.

그렇지만, 현재 가지고 있는 디지털 사진기로는 이런 것을 제대로 잡아낼 수가 없다. 빛을 제대로 받아내지 못하기 때문이다. 여러 장 찍은 것 중에서 그나마 잘 나온 것이 여기에 있는 사진들이다.

11. 퇴계 선생, 중국을 정복하다.

2005.7.6 수

황룡동굴에서 나와 다시 버스 타는 곳으로 이동하는데, 역시 달라붙는 것은 후텁지근한 땀과 조금이라도 팔아보겠다는 '의지의 중국 상인'들이었다.

대부분 "천 원, 천 원!" 하면서 달라붙는데 안 살 수가 없다.

만약 물건을 살 생각이 없는 사람이라면 100m 달리기 식으로 뛰어야 할 것이다.

한 번 딱 달라붙으면 100m까지 따라오는데 놓아주지 않는 게 천생 찰거머리이다.

말은 물론 잘 안 통하는데 그래도 아무런 불편은 없다.

"아줌마, 아저씨, 천 원, 천 원!" 하면, 슬며시 만져보고 쳐다보다가 고개를 도리도리하면, "두 개 천 원."으로 얼른 그 말이 수정된다.

가끔가다가 너무 터무니없는 바가지에 "이거 아까 저기에서 세 개에 천 원 줬는데……." 하면서 손짓 발짓하면 알아듣고는 "그거 가짜, 가짜, 이거 진짜, 진짜." 그런다.

그렇지만 이들과 실랑이 하다 여권도 지갑도 잃고, 미아가 되는 경우도 있다 하니, 한편으로는 즐기되 다른 한편으로는 바짝 긴장해야 한다.

주내는 주내대로 부채와 팔찌 등 장신구에 관심을 가지고 있어 못이기는 척 어떤 상점에 끌려 들어가고, 나 역시 벼루 등 문방사우에 관심이 있어 따라 들어가 이것저것 기웃거리며 흥정을 한다.

결과적으로 5만 원 한다는 벼루를 1만 원에 깎아 샀고, 백옥으로 된

황석채의 산봉우리

한 쌍의 낙관용 도장을 5천 원에 샀다.

주내는 천주로 만든 팔찌--아마도 가짜일지 모른다--를 3개에 천 원 주고 샀고, 부채를 두어 개 천 원씩 주고 샀다.

아까 삼천 원 주고 샀던 것과 똑같은 것을 이제는 천 원씩에 산 것이다.

허긴 동굴에 들어갈 때와 동굴에서 나와 버스를 타고 떠나려 할 때는 다른 것이니까.

머물 때는 비싸게 불러 비싸게 팔면서, 떠날 때는 싸게라도 파는 것은 어쩌면 상술의 기본일지 모른다.

바가지를 썼다 하더라도 우리에게는 그렇게 큰돈이 아니고--상품에

장가계, 황룡동굴 편

십리화랑의 기봉들

비추어 볼 때 바가지 쓴 기분은 안 드니까--깎고 깎아서 정상가격에 산다 하더라도 중국 상인에게는 그것이 큰돈이니, 사는 사람 흐뭇하고 파는 사람 또한 기쁜 것이다.

어찌 되었든 여기서만큼은 돈 걱정이 필요 없다. 떠날 때 퇴계 선생이 근엄하게 미소 짓는 천 원짜리를 3만 원어치나 바꿔간 걸로 올 때까지 사용하고도 남았으니까.

이곳에서는 달러도 중국 돈도 필요 없다. 오로지 퇴계 선생 얼굴만 한 번 보여주면 그것으로 끝이다.

율곡 선생도, 세종대왕도 잘 모른다.

퇴계 선생의 성리학이 일본을 정복하였다는 말은 들었어도 퇴계 선생

11. 퇴계 선생, 중국을 정복하다.

의 근엄한 미소가 김희선처럼 이토록 인기가 있는 줄은 정말 몰랐다.

그동안 우리가 퇴계 선생을 너무 천시한 것 아닌가 깊이 반성해본다.

여하튼 한국은행권은 위대하다.

나중에 돌아와서 주내가 한 말이지만, "물건들을 좀 더 사 올 걸, 거기서는 왜 그리 돈 천 원이 아까운지!" 하는 것이었다.

그렇다.

다 쓰고 올 걸. 왜 그리 아까워하고 뒤늦게 후회를 하는지?

이런 것을 보면 사람들이 쉽게 환경에 적응해 나가는 것을 알 수 있다.

중국 상인들의 분위기에 젖어버리니, 거기에서는 그 천 원이 그렇게 소중하고 아까운 것이다.

어찌되었든 퇴계 선생 때문에 중국의 55개 소수민족 가운데 제일 못 살던 토가족이 이제는 제일 잘사는 소수민족이 되었다는 후문(後聞)이다.

흐뭇한 하루였다.

장가계, 황룡동굴 편

12. 진짜 쇼핑 관광

2005.7.6 수

저녁을 먹으러 가면서 들린 곳이 진주 파는 곳이다.

늘 그런 것이지만 패키지여행에서는 항상 쇼핑이 따라다닌다.

싼 여행에서는 쇼핑 관광이라는 명목으로 쇼핑 코스가 하루에 하나 이상 꼭 들어 있다.

싸게 하는 여행인지라--3박 4일 여행비가 왕복 비행기 값보다도 싸다 -- 나는 안 사더라도 다른 사람이라도 많이 사 주었으면 현지 가이드에게 도 보탬도 되고 덜 미안하다 싶지만, 관광은 뒷전이고 쇼핑에만 너무 많

십리화랑의 기봉들

십리화랑의 기봉들

이 시간을 보낼 때에는 참으로 견디기 어렵다.

또한 대부분 가이드가 안내하는 곳은 값이 비싸다.

가이드는 시중에서 사는 것보다 조금 비싸지만 물건을 믿을 만하다는 것을 강조하고 또 강조한다.

그렇지만 조금 비싼 정도가 아니다.

아마도 길거리 가게에서 파는 것과 비교하면 아마도 10배 내지 100배는 비싸다.

물론 길거리에서 파는 것이 100분의 1로 싼 것은 가짜이기 때문이겠지만. 여하튼 엄청 비싸다.

비싼 이유는 여러 가지이다.

장가계, 황룡동굴 편

우선 싸구려 패키지여행의 경우, 현지 가이드는 우리나라 여행사로부터는 한 푼도 못 받기 때문에, 이런 데에서 커미션을 받는 것이다.

또한 이런 곳은 한국 사람들만 상대로 하는데 이력이 난 사람들이기 때문에 한국의 물가수준과 돈에 대해서 잘 알고 있으며, 따라서 "그래도 한국보다는 싸다."는 것을 알고 있기에 비싸게 파는 것이다.

또한 정품이라서 비싸다고 하는데 실제로 그럴 수도 있다.

그렇지만 그렇지 않은 경우도 있을 수 있음을 유념해야 한다.

오히려 이런 데에서 쓰는 바가지는 단위가 큰 만큼 치명적(?)일 수 있다.

길거리 쇼핑은 바가지를 써도 즐거우나, 이런 데서 바가지 쓴 것을 알게 되면 그 때부터 슬퍼지는 것이다.

따라서 바가지 쓰는 것은 모르는 게 약이다.

가이드는 이런 데 들르는 것을 쇼핑관광이라 하지만, 진정한 쇼핑관광을 하려면 길거리 가게에서 해야 한다.

저녁을 먹고 호텔로 돌아와 발 마사지를 받는다.

발마사지가 관광 상품 안에 포함되어 있기 때문에 팁만 5달러 주면 된다고 한다.

전신 마사지는 별도로 돈을 더 주어야 한다.

마사지사가 호텔 방으로 들어와 마사지를 하나 대충대충 건성이다.

그래도 오늘 많이 걸었기 때문에 그런대로 안 하는 것보다는 낫다.

12. 진짜 쇼핑 관광

13. 산수화 속을 거닐다.

2005.7.7 목

오늘 오전에는 십리화랑과 금편계곡, 오후에는 원가계, 천자산, 하룡공원이 예정되어 있다.

아침을 7시에 먹고 십리화랑으로 출발한다.

그렇게 일찍 출발했건만, 십리화랑으로 가기 위해 버스를 타는 데에는 벌써 사람들이 인산인해다.

참으로 노는 데는 부지런한 사람들이다.

버스 타는 곳에는 십리화랑, 금편계곡, 천자산, 백룡엘리베이터 등의

십리화랑의 기봉들

장가계, 황룡동굴 편

팻말이 여러 개씩 세워져 있고, 그 팻말 뒤로 사람들이 즐비하게 늘어서 있는데 정말로 잘못하면 미아가 되기 십상이다.

가이드 말대로 우리 일행 중 한 사람만 보고 계속 좇아가서 줄을 선다.

버스는 이곳에서 제공하는 버스인데 가는 행선지가 표시된 줄에 와서 손님을 태우고 계곡을 옆으로 비껴 지그재그로 산을 오른다.

왼쪽 밑으로 보이는 물 없는 계곡은 급류타기 대회를 하기 위해 일부러 돌을 계곡 중앙 이곳저곳에 설치하여 만들어 놓은 것이라 한다.

구불구불한 길을 조금 가더니 차가 멈추어서 한 10분 정도 기다린다.

웬일인가 했더니 굴을 통과하기 위해 서 있는 거였다.

이 굴은 옆 계곡 위에 지어 놓은 댐의 붕괴를 막기 위해 기계나 폭약을 안 쓰고 오로지 손으로만 뚫어 놓은 굴로서 차 한 대가 빠져나갈 만큼만 뚫려 있는 것이다.

따라서 저쪽에서 오는 차와 이쪽에서 가는 차가 서로 교대를 하여야 하기 때문에 서 있었던 것이다.

약 10분쯤 지나 차가 움직이는데 보니까 굴 앞의 신호등이 파란 불로 바뀌어 있다.

자그마한 터널을 빠져 나가자 저쪽 편에는 차들이 줄줄이 사탕으로 줄지어 서 있다.

빨간 신호등이 파란 신호등으로 바뀔 때까지 서 있어야 하는 것이다.

아마도 중국 전역에서 교통신호 정확히 지키는 곳은 여기 한 군데 뿐일 것이다.

드디어 십리화랑 정류장에 내려 미니 열차를 탄다.

13. 산수화 속을 거닐다.

십리화랑: 세 자매 바위

십리화랑은 양쪽으로 기이한 봉우리들이 내려다보고 있는 10리 정도 되는 협곡으로서 온갖 다양한 들꽃들을 볼 수 있는 곳이라는데, 봄이 지나서 그런지 야생화는 그렇게 많이 눈에 뜨이지 않고, 기봉(奇峰)만은 볼 만하다.

미니 열차가 움직이니 좌우의 기봉들이 우리의 입을 그냥 놓아두지 않는다.

가이드 말로는 상해 관광은 밤에 야경을 보는 '나이트 관광'이고, 서안 관광은 유적이 많기 때문에 설명을 계속 들어야 하는 '귀 빠지는 관광'이고, 북경 관광은 계속 걸어야 하기 때문에 '발품 파는 관광'이며, 계림 관광과 장가계 관광은 물과 기봉 등 볼거리가 많기 때문에 '와와 관광'이라 하는데, 이 말이 정녕 틀린 말은 아니다.

차창 왼쪽에 나타나는 기봉을 쳐다보고 와! 하고 탄성을 지르다보면, 어느새 오른쪽에 괴봉怪峯)이 나타나 와! 하고 소리치며 사진기를 잡는다.

모노레일 옆으로는 걸어가는 사람들도 많다.

거의 대부분 중국 사람들이다.

우리는 시간도 절약해야 하고, 어제 많이 걸었기도 했고, 이미 모노레일 타는 돈도 여행비에 다 포함되어 있으니 타고 가는 것이 당연하다.

여하튼 타고 가든, 걸어가든 좌우 앞쪽의 기봉들이 불쑥 불쑥 다가서니 참으로 한 폭의 산수화 속에 들어와 있는 것 같다.

모노레일에서 내리니 가이드는 십 분인가 시간을 준다.

십리화랑의 기봉들

13. 산수화 속을 거닐다.

그 시간 안에 사진 찍을 것 찍고, 화장실 갔다 올 사람 갔다 오고, 그리고 다시 모노레일 타고 아까 버스 내린 곳으로 가는 것이다.

주어진 시간을 십분 활용하여 여기저기 사진을 찍었다.

그리고 다시 모노레일을 타고 버스 타는 곳으로 되돌아온다.

걷지 않고 타고 가니 편해서 좋다.

되돌아가는 길은 또 다른 좋은 경치다.

14. 이제 겨우 여든 일곱인데 뭘…….

2005.7.7 목

우리는 다시 버스를 타고 금편 계곡으로 향했다.

금편계곡은 전체 길이가 7.5킬로미터로, 천천히 산책하면서 걷는다면 약 2시간 30분 정도 걸린다.

이곳을 거닐면 마치 산수화 속을 거니는 신선이 된 듯하다 하여 신선 계곡이라고도 부른다.

금편계곡

황석채나 천자산, 원가계 등은 산위에서 아래를 내려다보는 관광이지만 금편계곡은 아래에서 위를 올려다보는 관광이다.

가이드 말로는 숲이 무성하고, 물이 맑고 깨끗하여 공기가 가장 공기가 좋은 곳이라며, 1시간 동안 계곡에서 소주나 한

잔씩 하
시 던 지
산 보 를
하 시 던
지 하라
고 한다.
　나는
주 내 와
걷 기 로
했다.

금편계곡

　뱃살
도 뺄 겸, 계곡 주위의 경치도 볼 겸 30분 동안 걷다가 30분 후에 돌아
오기로 한 것이다.

　일행들은 조금 가다가 계곡으로 들어가 양말을 벗고 발을 담그는데,
나는 사진기를 들고 빠른 걸음으로 걷는다.

　계곡 자체는 그리 볼만 한 것이 아니지만, 계곡 좌우의 숲과 기봉들은
그런대로 볼만하다. 그렇지만 십리화랑만큼은 아니다.

　조금 걷다보니 토가족 원주민 복장의 남여가 고유의 민속의상을 차려
입고 춤과 노래를 하는 무대가 있고 그 앞에는 물레방아가 있다.

　물레방아는 저 밑의 계곡에서 물을 끌어올리기 위해 굵은 쇠 체인으
로 얽어져 있는 물길이 연결되어 있다.

　물레방아를 의자에 앉아 돌리면 서해안 염전에서 바닷물 길어 올리듯
물이 올라온다.

장가계, 황룡동굴 편

계곡을 돌아 저 쪽에 가면 무엇인가 나타날 것 같다. 호기심 반, 운동 반 삼아 열심히 걷고, 시계를 보고 그렇게 30분을 갔다.

어느 덧 돌아가야 할 시간이 된 것이다.

우리가 반환점으로 삼은 곳은 다리 양 옆을 나뭇가지로 운치 있게 만들어 놓은 나무다리였다.

가이드 말대로 공기는 좋다.

운동 삼아 아랫배에 힘을 주고 빠른 걸음으로 걸으니 땀에 흠뻑 젖기는 했지만 기분이 나쁘지는 않다.

우리 일행 중에는 연세가 87세나 되신 할아버지가 한 분 계신다. 1920년 생인데 말씀하시는 게 참 젊다.

할머니는 '겔겔' 해서 집에 떼어 놓고 혼자 오셨다는데, 식사 때마다 맥주 한 잔씩 반주를 하시면서

"이제 겨우 87밖에 안 먹었는 걸, 아직도 매일 테니스를

금편계곡: 반환점

14. 이제 겨우 87인데 뭘…….

치는데 뭘."

젊었을 때부터 운동을 하셨고, 지금도 테니스를 즐긴다니 아마 믿어지지 않을 것이다.

말씀을 나누는 끝에 짐작컨대, 전직이 체육학 교수였었던 것 같다. 학장도 역임하셨다니까 말이다.

여하튼 부럽기도 하고, 그 정신이나 생활 태도는 젊은이들이 본받을 만하다. 생각이 발전적이고 긍정적이고, 또한 운동으로 몸을 가꾸고, 여행을 많이 다니신 분이라서 그런지 여행 내내 다른 사람들에게 피해를 끼치지 않으려고 하시는 것이 눈에 들어온다.

그렇지만 나이는 못 속이는 거다.

계속 걷는데 유심히 보니 힘드신 모양이다.

그렇지만 전혀 내색하지 않고, 다른 사람들에게 피해 주지 않도록 가이드가 정해준 제 시간에 언제나 미리 와 계신다.

부지런히 정류장으로 돌아오니 가이드가 준 1시간이 정확하게 지났다.

그렇지만 다른 분들은 벌써 와 모두 차에 앉아 계신다.

계곡 따라 별로 걷지도 않고 그냥 1시간 동안 쉬었다가 차에 타신 분들에게는 어쩌면 한 시간도 지루했을 것이다.

우린 결코 늦지도 않았는데 괜히 미안한 생각이 든다.

여러 사람이 하는 대로 하는 것이 가장 맘이 편한 것은 어쩔 수 없는 것이다.

튀는 것은 그만큼 어려운 일인 것이다.

이제 점심을 먹으러 간다.

15. 날씨 맑은 것이 내내 섭섭하다.

2005.7.7 목

오늘 점심은 어제보다는 훨씬 낫다.

점심을 먹고, 다시 전자카드로 입장을 하고, 그리고 버스를 기다리고 아까 왔던 길을 다시 간다.

굴을 통과하는 것도 마찬가지이다.

버스는 우리를 원가계로 데려다 준다.

버스에서 내려 좌우 산세를 보니 참으로 큰 협곡 속인데 왼편으로는 엘리베이터가 보인다.

326미터의 백룡엘리베이터

백룡엘리베이터는 중국말로 백룡천제(百龍天梯), 또는 천하제일제(天下第一梯)라고도 하는데 그 이름에 걸맞게 수직으로 326m를 일 초에 4m의 속도로 운행한다.

326m의 높이 중 154m는 지하에 위치하고 있으나, 나머지 172m는 바깥을 볼 수 있다.

이 엘리베이터는 대만 재벌이 우리 돈 200억 정도를 투자해서 만들었다고 한다.

엘리베이터를 타기 위해 지하 건물로

백룡엘리베이터에서 내려 담은 봉우리

들어가니 너무나 시원하다.

326m를 오르면서 내다보는 밖의 경치는 예상대로 압권이다.

산 정상에 도착한 후 엘리베이터에서 본 경치를 사진기에 담지 않을 수 없다.

이 경치들은 아무리 글로 써보고 말로 해보아야 한 장의 사진만 못하기 때문이다.

그렇지만 그 어떤 사진기도 이 아름다움을 다 담아내지는 못하는 것이다. 사진은 우리가 담고자 하는 자연의 극히 일부일 뿐이다.

그러니 직접 보는 것이 제일이다.

약 5분 정도 걸으면서 밤 1,000원어치와 물 세 병을 1,000원에 산 후, 셔틀버스에 올라타서 노나 먹는다.

버스를 타고 얼마 지나지 않아 원가계 풍경구에 도착하였다.

여기서부터는 걷는 관광이다. 물론 "와! 와!" 하면서 말이다.

장가계, 황룡동굴 편

원가계 미혼대

그렇지만 걸으면서 "와!" 소리는 두 번 이상 연속해서는 안 된다.

잘못하면 계단에서 나동그라질 염려가 있기 때문이다.

앞으로 삐쭉 나온 전망대로 달려가 보니, 와! 그 경치란! 황석채보다 이곳이 훨씬 낫다.

아! 소리와 함께 정말로 정신이 혼미해진다.

이곳 이름이 미혼대(迷魂臺: 넋이 쏙 빠질 만큼 경치가 좋은 곳)라는 것이 전혀 이상하지 않다.

정말로 단언하건대 장가계 경치 중 이곳이 제일 낫다.

수백 길 낭떠러지 속에 마치 성냥개비를 세워 놓은 듯 서 있는 기봉(奇峰)들! 자연의 조화일 뿐이다.

거기에 자연의 생명력이 싹을 틔워 기봉 위에도 소나무가, 기봉 옆구리에도 소나무가 말 그대로 독야청청하고 있다.

만약 이곳을 보지 못하고 미국의 브라이스 캐넌을 본 사람들은 브라이스 캐넌의 흙돌기둥에 나무와 풀이 자라고 있다고 상상하면 될 것이다.

브라이스 캐넌을 거닐면 노랗고 붉은 색깔의 흙돌기둥이 동화 속의

15. 날씨 맑은 것이 내내 섭섭하다.

나라에 온 것을 연상시키지만, 이곳은 붉은 봉우리들에 풀과 나무가 뒤덮여 깊은 협곡 속에 수천, 수만 개를 세워 놓은 곳이니 이곳을 거닐면 마치 신선들이 사는 곳에 온 듯한 느낌인 것이다.

다만 아쉬운 것은 너무나 날씨가 맑은 것이다.

이곳은 비가 많은 지역이라는데 날씨가 왜 이리 좋냐?

가이드 말로는 행운이라지만, 행운이 행운이 아니다.

비가 좀 내리고 난 후 개면서 운무가 깔린 그 위로 나타나는 산봉우리들이야말로 정말 좋은 경관을 연출할 것이기 때문이다.

날씨 맑은 것이 내내 섭섭하다.

다시 언젠가 한 번 더, 비가 내릴 때 한 번 더 와 봐야겠다.

혼을 쏙 빼놓는다는 미혼대

장가계, 황룡동굴 편

16. 천자가 구경할만한 곳

2005.7.7 목

계속 걸으며 왼쪽 봉우리들의 경관을 내려다본다.

그렇게 걷다보니 산봉우리 정상 부분 두 개를 연결하고 있는 천연 다리가 보인다.

이것이 천하제일교(天下第一橋)이다. 참으로 장관이다.

그렇지만 자세히 보지 않으면 잘 안 보인다.

천하제일교 옆의 낭떠러지 쪽으로는 자물쇠들이 난간에 수천 개 매달려 있다.

사랑하는 사람들은 자물쇠를 사서 사랑을 맹세한 후 자물쇠를 난간에 매달아 잠그고 그 사랑이 영원하길 비는 마음에서 열쇠를 천 길 낭떠러지 밑으로 던져 버린다고 한다.

혹시 영원히 함께 하기 싫을지도 모르겠다는 생각이 드는 사람은 함부로 자물쇠를 사서 매달지 말아야 한다.

천하제일교

천자산 케이블카

만약 매달더라도 열쇠만큼은 잘 간직해 두어야 할 것이다.

사랑이 식으면, 천 길 낭떠러지 밑으로 내려가 열쇠를 찾아와 자물쇠를 열어야 하니까 말이다.

원가계를 나와 다시 버스를 타고 이번에는 한참 간다. 천자산 하룡공원으로 가는 것이다.

버스에서 내려 하룡공원 쪽으로 가는 길에 눈 먼 소년 하나가 악기를 연주한다.

한국 사람들이 오고 있다는 것을 어찌 그리 잘 눈치 채는지 금방 도라지를 연주하기 시작하는데 연주 솜씨가 일품이다.

눈만 멀지 않았으면 아주 잘생긴 소년인데…….

장가계, 황룡동굴 편

76

선녀산화(仙女散花)

그렇지만, 현실을 받아들이며 웃으면서 열심히 악기를 연주한다.

역경에 굴하지 않고 열심히 사는 모습이 참으로 훌륭하다.

연주하는 소년 앞에는 책상이 놓여 있고, 돈들이 바람에 날아가지 않도록 돌 밑에 놓여 있다.

다 들은 다음 박수를 한껏 쳐주고 1,000원짜리 한 장을 돌 밑에 눌러 놓고 소년의 행복을 빌며 슬며시 자리를 뜬다.

"하늘은 자신을 돕는 사람을 돕는다."는 말이 딱 맞는다는 것을 다시 한 번 되뇌면서.

하룡공원에는 중국 10대 원수 중 하나라는 하룡 장군의 동상이 서 있지만 나에게는 별 관심이 없다.

16. 천자가 구경할 만한 곳

하룡의 뒤로 돌아 내려가 보니 "안 보고 가면 평생 후회한다[不觀終生後悔 불관종생후회]"는 글씨가 돌에 새겨져 있고, 그 밑으로 계단이 있는데 전망대로 이어져 있다.

사진기를 들고 내려가 보니 중국 천자가 구경하였다는 천자관람대(天子觀覽臺)가 나타난다.

경치를 내려다보니 정말 이것을 안 보았으면 후회할 뻔했다는 느낌이 든다.

정말 천자가 구경할 만하다.

천자가 된 듯이 경치를 감상하고 사진에 담은 다음 일행을 놓칠까 되돌아 나온다.

천자관람대에서 내려다 본 봉우리들

어떤 게 어필봉인고?

일행들은 양쪽에 상가가 밀집되어 있는 곳을 지나 천자각 쪽으로 이동하고 있다.

가이드는 사람들에게 저쪽으로 황제가 사용하는 붓을 거꾸로 세워놓은 모양이라는 어필봉(御筆峰)이 있다고 가리키고, 사람들은 그것을 찾느라 두리번거린다.

그리고 이번에는 반대편 낭떠러지 쪽으로 가서 하늘의 선녀가 꽃을 뿌리고 있는 모양이라 선녀산화(仙女散花)라고 이름 지었다는 봉우리를 설명한다.

그렇지만, 조금 전 천자가 내려다 본 경치와는 비교할 수가 없다.

다시 버스를 타러 가는 동안 음료수를 사려다가 녹차를 병에 담은 것이 있어 샀다.

그렇지만 마개를 열고 마셔보니 차는 달아서 전혀 입맛에 맞지 않는다.

왜 달게 했는지 모르겠다.

녹차를 살 때 오이 하나를 곁가지로 얻었는데, 먹어보니 우리 오이와 같은 맛이다.

오히려 덤으로 얻은 오이가 갈증을 풀어준다.

다시 버스를 타고 천자산 케이블카 타는 곳에 도착했다.

사진을 몇 장 찍은 후 케이블카를 탔는데 저 아래가 까마득히 보인다.

케이블카가 내려가는 동안에도 좌우로는 기경들이 펼쳐진다.

볼 만하다.

아쉬운 마음으로 케이블카에서 내린다.

장가계, 황룡동굴 편

17. 개고기 있어요!

2005.7.7 목

장가계 시내로 들어와 저녁을 먹기 위해 북한 사람들이 운영하는 식당으로 간다.

저녁 먹기 전에 일단 북한에서 나는 물건들 파는 곳을 관람한다.

이것도 일종의 쇼핑관광인 셈이다.

북한 사람이 나와 우황청심환을 열심히 설명하고 몇 사람에게는 맛을 보이고, 뭐~ 그러는 것이다.

별로 관심이 없었으나 설명을 들으니 솔깃하다.

토가족 야시장

왼쪽 간판: 개고기 있어요.

고지혈증, 고혈압, 당뇨에 좋다는 선전을 하는데 대부분 나이가 지긋한 분들이어서 해당 안 되는 사람이 없을 것이다.

주내도 혈압이 높고, 고지혈증이 있다는 건강진단 결과에 따라 이차검진 후 약을 먹고 있는데 솔깃할 수밖에.

그러지만 이내 고개를 좌우로 흔들고 그곳을 빠져 나온다.

약값이 수월찮은 까닭이다.

허긴 좋은 약재를 썼다면 그럴 수 있겠지만, 여하튼 형편이 안 되니, 음식으로 조절하고 운동으로 건강을 추스를 수밖에 없는 거다.

아래 층 식당에서는 전부 다 냉면을 가외로 더 시켰는데, 글쎄~ 맛이 썩 좋은 것은 아니다.

식후 호텔로 가기 전에 토가족의 야시장을 둘러본다.

이것저것 먹거리가 많기도 하다. 개고기와 뱀은 물론이고 이상한 물고기부터 별의별 것이 많기도 하다.

살아 있는 것을 선택하면 그 즉석에서 요리를 해 준다.

구경은 하되 먹을 엄두는 나지 않는다.

얼른 둘러보고 나와 더 어둡기 전에 장가계의 기이한 산들을 배경으로 사진을 찍는다.

사진을 찍다보니 '개고기 판다'는 간판과 함께 집의 지붕이 찍혔는데, 지붕의 기와가 특이하다.

우리 기와처럼 암키와 수키와의 구별이 없는 모양이다. 볼 품새 없는 손바닥만 한 암키와들을 죽 늘어놓고 그 위에 같은 형태의 암기와를 덮어놓은 것이다.

물론 이 집뿐만 아니라 그 동안 유심히 보았던 다른 집들도 그러했다.

이런 점에서 볼 때 우리 기와는 참으로 품위가 있고 멋이 있다.

18. 돈 받고 울어준다.

2005.7.8 금

오늘 일정은 장가계 시내를 둘러보고, 수화산관(秀華山館)이라는 토가 족 사람이 살던 집을 구경하고, 점심을 먹은 후 비행기를 타는 것이다.

장가계 시내는 그냥 차로 지나가면서 보는 정도이다.

유심히 보니 아파트들도 있는데 저층이건 고층이건 거의 대부분 창문 밖에 창살을 한 것이 특이하다.

창살을 했다는 사실은 도둑이 많다는 증거일 것이다.

아파트라고 해야 후줄그레한 것이 뭐 훔쳐갈 것도 없으련만 창문에 창살을 하다니…….

그렇지만 이런 생각은 우리의 생각일 뿐, 저들로서는 조그마한, 우리 가 보기에는 하찮은 물건이라도 귀한 것 아니겠는가!

너무나 자신의 잣대로만 재보려 함은 분명 잘못인 것이다.

그리고 그것은 우리의 얼마 안 된 과거를 되돌아보지 못하고 잘난 체 부 리는 오만일 수 있 다.

역시 생각은 역 지사지(易地思之)해 야 하는 것이다.

장가계 시내 아파트

장가계, 황룡동굴 편

토가족의 사랑놀이

이럭저럭 수화산관이라는 토가족이 살던 집에 도착하였다.

이 집은 토가족의 생활 문물을 보여주는 토가족 박물관으로서 개인이 운영한다고 한다.

일단 수화산관 현관에 들어서니 민속의상을 입은 토가족 총각이 북을 치고 토가족 처녀가 춤을 추며 손님을 맞는다.

토가족들은 그들 고유의 언어는 있으나, 문자는 없고, 키가 작고, 피부가 가무잡잡하며, 김치 고추장, 된장 비슷한 것을 즐겨 먹는다는데, 우리의 김치, 고추장, 된장과는 많이 다르다고 한다.

수화산관은 집이 4층으로 되어 있는데 북과 춤을 구경하고 내정에 들어서니 토가족 총각과 처녀가 그들의 사랑놀이를 재현한다.

토가족들은 매년 삼월 삼일(삼짓날)과 구월 구일(중구절, 중양절)에는 남녀가 모여서 횃불을 켜고 노는데 남녀 모두 노래와 춤을 즐긴다.

노래 잘 부르고 춤을 잘 추어야 미남이고, 여자는 노래와 춤 이외에도 눈물을 잘 흘려야 미인이라고 한다.

18. 돈 받고 울어준다.

이런 기준에 따르면 나는 전혀 미남이 아니다.

내가 여기에 와서 살지 않은 것이 다행이다. 이 자리를 빌려 부모님께 감사한다.

여하튼, 토가족 남자가 노래할 때 여자가 나와 노래 제목을 맞추면 마음에 든다는 표시라고 한다.

한편 여자가 춤출 때 남자가 나와서 발을 세 번 밟아 마음을 표시하면, 여자가 마음에 들 경우 역시 남자의 발을 밟고, 그래서 둘은 맺어진다고 한다.

이러한 스토리를 내정에서 재현하는 것이다.

그 다음 토가족의 살림방들을 구경한다.

처음 들어간 곳이 천지군(天地君)이라는 신을 모신 신당이고, 그 옆방이 신부의 방인데 화려한 신부 차림을 처녀가 앉아 있다.

침대, 화장대, 장롱, 의자 등이 놓여 있다.

모두 다 나무로 만들어져 있는데 정교하게 조각이 되어 있다.

같이 간 일행 중 한 분이 만 원을 주자 눈물을 흘리며 곡을 하는 것이다.

옆에서 구경하며 보니 실제로 눈물이 흐른다.

이 역시 토가족

신부의 눈물 그릇

장가계, 황룡동굴 편

의 풍습을 보여주는 것이다.

토가족 여자는 시집가기 한 달 전부터 눈물을 흘리며 곡을 해야 하는데, 이는 부모의 곁을 떠나는 것이 서럽다는 것을 표현하는 이들 특유의 습관이라고 한다.

따라서 어렸을 때부터 눈물 흘리는 것을 가르치는 선생님이 돈을 제일 많이 번다고 한다.

돈을 주고 곡소리를 한참 듣고 난 후, 돈을 준 양반 왈 "내 평생 돈 주고 울음소리 들어보긴 처음이여!" 하며 껄껄 웃는다.

신부의 침상에서 신부와 사진을 찍는 것도 또한 돈이다.

이들은 자기네 풍습을 관광 상품으로 만들어 돈을 버는 것이다.

이층으로 올라가니 한가운데에 가마가 놓여 있고 벽 주변에는 각종 수공예품 등이 전시되어 있다.

이들을 볼 때, 이 집은 토가족들 집 중에서도 매우 잘 살던 집이었음을 알 수 있다.

전족용 신발

여러 가지 전시된 생활용품 중에 전족을 할 때 신었던 10여 센티미터의 신들이 눈을 끈다.

또한 어떤 방에는 자수를 놓은 베갯모, 식탁보 등도

18. 돈 받고 울어준다.

있고, 도자기류도 전시되어 있다.

또한 말, 코끼리, 공작새, 사슴, 호랑이, 매, 소 등의 형상을 한 나무뿌리들도 전시되어 있고, 산과 집, 나무 등이 조각된 오채석(조각할 때의 깊이에 따라 다섯 가지 다른 색깔이 나타나는 자연석)도 있다.

정교하고 아름답게 조각된 이 오채석이 시골의 닭장 문으로 사용되었다 한다.

오채석

흙과 닭똥이 잔뜩 묻어 있던 이 오채석을 단돈 6달러에 샀다고 하는데, 지금은 우리 돈 1억 5천만 원을 줘도 안 판다고 한다.

역시 물건은 임자가 있는 법이다.

옥이 흙속에 묻혀 있으면 그 가치를 모르지만, 잘 닦아 전시해 놓으면 부르는 게 값인 법이다.

닭 치는 이에게는 6달러짜리에 불과하던 것이 그 가치를 아는 사람에게는 1억 5천도 넘는 것이니 말이다.

토가족(土家族)은 토지신을 섬기는 부족이라고 하나, 원래는 장가계 산속에 살던 산적(山賊)들의 후손이라고 한다.

장가계, 황룡동굴 편

흙을 토템으로 한다는 점에서 볼 때, 신화학적으로는 중국 민족으로 추정된다.

왜냐하면 동이족인 여와 씨가 흙으로 사람을 빚어 구워냈고, 이 때 덜 구워진 백인들은 서쪽(지금의 유럽)으로 보냈고, 너무 태운 흑인들은 남쪽으로 보냈으며, 우리와 피부 빛깔이 닮은 황인종들을 노예로 사용하였는데 이들이 중국 민족을 구성한다는 설화가 있기 때문이다.

반면에 백족(白族)은 어원상으로 볼 때, "밝[白]"족이므로 우리와 같은 동이족의 일파인 듯하다.

묘족(苗族)은 그 생활 습관이나 풍속 등이 동이족과 닮았다는 점에서 역시 동이족의 한 갈래로 추정된다.

이런 점들을 좀 더 밝히고 싶어 이들 소수민족들의 생활이나 풍습을 살펴보려 하였으나, 단체 여행 그것도 여행사의 패키지여행에서 이는 욕심에 그칠 뿐이었다.

수화산관을 나와 시간이 있어 잠시 백화점엘 들른다. 그렇지만 볼 만한 것이 별로 없다.

주위 길거리 풍경을 사진기에 담고 점심 식사를 한 후 공항으로 이동한다.

점심은 잘 먹어 두어야 한다.

장가계 시내 풍경

18. 돈 받고 울어준다.

중국 남방항공의 기내식이 형편없으니 말이다--실제로 기내식으로 나온 빵은 우리의 기대를 전혀 저버리지 않았다.

공항에는 비행기가 천문산을 배

천문산 앞 장가계 공항

경으로 우리를 기다리고 있다.

이 비행기는 역시 무한까지 가서 출국 수속을 한 후 다시 타야 한다.

조금은 거추장스러운 절차를 거쳐 한국에 도착하니 저녁 8시 가까이 되었다.

원래 6시 30분 도착이라서 넉넉하게 잡아 저녁 9시 20분 부산행 기차를 끊어 놓았는데, 제 시간에 갈 수 있을지 내내 불안했다.

인천 공항에 도착하자마자 일등으로 나와서 바로 리무진을 탔더니 서울역까지 불과 45분밖에 안 걸린다.

혹 비 때문에, 그리고 퇴근시간이라서 차가 막힐 줄 알았더니 의외로 빨리 도착한 것이다.

서울 역 3층의 음식점에서 비빔밥을 먹고 기차에 타니 딱 맞는 시간이다. 부산 역에는 0시 10분에 무사히 도착하였다.

〈장가계, 황룡동굴 편 끝〉

19. 옵션이 필수라고?

2012.1.2 월

아침 6시 30분에 민락 역에서 전철을 탄다. 사상 역에서 부산-김해 경전철을 갈아타고 공항에 도착하니 7시 10뿐쯤 되었다.

김해 경전철이 있어 공항 가기가 훨씬 편해졌다.

비록 적자는 많이 본다고 하드만…….

고마운 일이다.

7시 20분에 공항 3층 스타벅스 앞에서 모두투어 여행사 직원을 만나야 한다.

이 여행은 상해-항주-주가각-항주의 3박 4일에 229,000원짜리 여행이다.

싸구려 여행 상품인 듯하지만, 5성급 호텔에 특식 3회에 상해, 항주, 주가각을 구경시켜준다니, 거기에 서호 유람선, 주가각 운하 뱃놀이, 상해 서커스 등이 포함되어 있으니, 그냥 편히 3박 4일 쉰다고 생각하면, 싼 맛에 괜찮은 상품 아닌가?

말이 229,000원이지 여기에

김해 경전철

유류할증료 137,000원을 더해야 하고, 기사 팁 40달러는 필수이고, 송성 가무쇼 35달러와 황포강 유람선 25달러가 옵션 필수이고, 그리고 단체비 자 비용 21,000원이 더 붙으니 모두 50만 원 정도 든다.

이 가운데 재미있는 것은 송성가무쇼와 황포강 유람선은 옵션인데 필 수란다.

옵션인데 필수라?

옵션이면 옵션이고 필수면 필수이지, 옵션 필수란 말은 아마도 우리나 라 여행 상품에만 특수하게 존재하는 우리 고유의 발명품 아닌가 싶다.

이걸 보면 우리나라 사람들 참 머리가 좋다.

이 말은 한국의 여행사에서는 옵션이지만, 정작 현지 여행에서는 필수 라는 뜻이다.

무슨 말인고 하면, 현지에서의 옵션 관광 가운데 옵션 필수와 옵션 선 택(?)이 있다는 것인데…….

현지 여행사에서는 옵션을 이와 같이 둘로 나눌 수밖에 없다는 것이 다.

만약 둘로 나누지 않고 말 그대로 '옵션'으로만 해 두는 경우, 손님들 이 선택을 안 하면, 현지 여행사나 가이드는 열심히 일하고 손가락만 빨 수밖에 없기 때문이란다.

한국 여행사에서는 옵션이라며 상품 가격을 가능한 한 낮추어 놓고는 현지 여행사의 품값은 알아서 하라는 식으로 떠 맡겨 버린 결과 그렇게 된 것이다.

그래서 등장하는 것이 옵션 필수라고!

한국에서는 옵션이지만, 현지에서는 필수인 것이 옵션 필수라…….

상해, 항주, 주가각 편

송성 가무쇼: 옵션 필수

알고 보니 이것은 여행사들 사이에서 어쩔 수 없이 생겨 난, 필수불가결한 조건 속에서 탄생한, 한편으로는 딱하기도 딱하디 딱한 안타까운 환경 속에서 자생적으로 등장한 기막힌 고안물인 것이다.

현지 여행사에서는 최소 경비를 뽑아내려니 이런 이상한 말을 만들 수밖에 없는 것이다.

어찌되었든 결론을 내린다면 간단하게 "한국 여행사는 옵션이고, 현지 여행사에선 옵션 필수이고, 우리 손님들에겐 그냥 필수인 셈이다."

그래도 이것이 제일 싼 것이다.

여행 상품을 보면, 똑같은 것인데도 날짜에 따라 가격이 두 배에서 세 배 이상 차이가 난다.

여행 상품의 가격이 천차만별인 것은 다른 데 이유가 있는 게 아니다.

 돈 많은 사람들은 돈 버느라고 시간이 없으니 비싸더라도 시간에 맞게 좀 비싼 걸로 고르고, 우리 같은 사람은 시간이 많고 돈이 없으니 역시 시간에 맞추어 좀 싼 것으로 고르라고 여행사에서 특별히 배려해 주는 것이다.

 여행사의 호의에 감사하며, 가능한 한 여행사의 그 깊은 속내에 충실히 따르기 위해 나는 229,000원짜리를 고른 것이다.

 199,000 원짜리도 있었으나 내가 그렇게까지 어려운 처지는 아니니까…….

 사람은 자고로 자기 신분에 맞게 살아야 하는 법이다.

 돈도 없는 사람이 비싼 걸 찾는 건 천한 일이다.

 마찬가지로 돈 많은 사람이 싸구려만 찾는 것도 얼마나 궁상맞은 짓

황포강 유람선: 옵션 필수

인가!

만약에 송성 가무쇼와 황포강 유람선을 옵션으로만 했더라면 정말 심심하고 한가로울 뻔 했다.

이것들이 옵션이 아니고 옵션 필수라는 게 나중에는 감격스러울 정도로 고맙게 느껴졌다.

정말이다.

이것은 옵션 필수를 경험해보지 않은 사람은 정녕 모를 것이다.

아직도 시간이 있으니 환전을 해야겠다.

주내 몫과 내 몫 두 사람 분의 가이드 팁과 옵션 필수를 충당하려면 내 통장에서 22만 원 정도가 더 나가야 한다.

7시 20분 시간에 맞추어 약속 장소에 현신하여 여권을 맡긴다.

8시 20분에 이곳에 다시 모이라 한다.

옆의 한식당에 들어가 육개장을 시킨다. 둘이서 노나 먹길 잘했다.

왜냐면, 비행기 타자마자 또 먹을 게 나왔기 때문이다.

이런 걸 보면 우리는 참 현명하다.

아침 식사 후 다시 모이니 여권에 번호표를 붙여 비행기 표와 함께 돌려준다.

우리 일행은 모두 20명이다.

젊은 부부들, 그리고 아이들을 대동한 부부, 그리고 그 유명한 대한민국의 힘 아줌마들 셋, 그리고 우리보다 나이가 많은 늙은 아저씨 두 분 등등……

1번 2번이 결혼 한 지 7개월 되었다는 젊은 부부이고, 3, 4, 5번이 꼬마들 둘을 데리고 상해에서 남편을 만나 같이 여행하는 아낙네이고, 6

번이 나, 7번이 주내이다.

내 뒤는 나도 잘 모른다.

어떻게 번호가 배정되었는지 모르지만, 어찌 되었든 1번의 사명이 막중하다.

1번은 여권과 비행기 표 이외에 단체 비자를 받은 종이를 하나 더 받는다.

그리고는 우리 20명을 통솔할 권한이 주어진다.

우리는 1번의 말을 무조건 잘 들어야 한다.

그렇지 않으면, 잘못하면 중국에서 미아가 될 수도 있다.

여행사 직원이 서로 인사를 시키지만 대충 고개만 까딱까딱한다.

다도해

그렇지만 다른 사람들이야 기억을 못해도 1번 새 신랑만큼은 기억하려 애쓰는 표정이 모두들 역력하다.

출국 수속을 하고 면세점에서 눈요기를 하다 비행기에 오른다.

아줌마들 셋은 벌써 한 보따리씩 옆에 끼고 있다.

이래서 면세점이 되는 것이다.

그리고 그래서 한국 경제는 잘 돌아가고, 세계 9위의 경제 대국이 되는 것이다.

우리 부부도 이들처럼 경제 행위에 동참했더라면, 우리나라가 아마도 1등급쯤 더 높은 경제 대국이 되었을 텐데…….

구매력이 없다는 것이 참으로 안타까운 일이다.

9시 40분 드디어 비행기는 이륙한다. 눈 밑에 다도해가 보인다.

김해 창원, 진해, 거제 그리고 남해를 거쳐 비행기는 상해로 날아간다.

멀리 창선대교를 확인한지 얼마 안 가 비행기는 여천공단에서 내뿜는 굴뚝의 연기를 뒤로 하고, 망망대해, 아니 새털구름으로 뒤덮인 하늘을 가로지른다.

20. K 박사가 테러범이라고?

2012.1.2 월

비행기에서는 우리를 위해 식사를 제공한다.

식사를 제공하기 전에 예쁜 스튜어디스가 무엇을 마실 건가 묻는다. 꼬냑을 한 잔 달라고 하자, 즉시 가져다준다.

그리고는 식사를 배정한다.

따끈따끈 한 뚜껑을 열어 보니 불고기 백반이다.

역시 아시아나다. 친절하고, 신속하고, 맛있고.

꼬냑 한 모금에 안주로 불고기 한 점……, 바로 이 맛이다.

내가 비행기를 좋아하는 이유는 바로 여기에 있다.

맛있게 마시고 먹고…….

나의 이런 고상한 취미를 무시한 비즈니스 에어를 생각하면 지금도 기분이 나쁘다.

비즈니스 에어는 중국 사람이 운영하는 태국 비행기라던가, 어찌됐든 부산-푸켓간 독점 노선을 가진 비행기이다.

독점이라서 그런지 작년 푸켓에 가면서 일등석에 탔는데도 꼬냑은커녕 맥주도 없단다.

자기네 폴리시라나 뭐라나…….

망할 놈의 비행기 같으니라구!

그때 체하여 엄청 고생했다.

그리곤 그 다음부터는 절대 비즈니스 에어라는 비행기는 안 타기로 결심했다.

상해, 항주, 주가각 편

푸동 공항

이런 점에서도 우리나라 비행기가 역시 최고다.

얼마 되지 않아 현지 시간 10시 40분 푸동 국제공항에 비행기가 사뿐히 내려앉는다.

푸동 공항은 인천 공항보다 두 배가 크다나 어쨌다나?

여하튼 큰 거 가지고 자랑도 많이 한다.

조선족 가이드가 중국인으로서 되게 자부심을 가지고 있는 것 같다.

비슷한 건물이 두 개 나란히 있을 뿐 공항이 별로 큰 거 같지도 않은데……

그 공항 건물의 지붕은 물결 모양으로 둥근데, 밖에서 볼 땐 별로 예쁘지 않다.

그렇지만 안에서 위를 올려다보면 채광을 고려한 것인지 아름답고도 재미있게 지어놓았다.

20. K박사가 테러범이라고?

그렇지만 내가 볼 때엔 인천 공항이 세계 최고다. 편리하고 아름답고.

우리는 옆 자리의 1번 젊은이를 놓칠세라 부지런히 뒤따라 내린다.

짐을 찾아 들고 입국심사대 앞에서 일행을 기다리는데 1번 2번 젊은 부부들만 안 보인다.

짐 찾다 보니 없어진 것이다.

우리 일행들은 기다리면서 '혹시 그냥 나간 거 아닌가?' '혹시 둘 다 기억상실증에 걸린 것 아닐까?' 등등 억측이 많았지만, 역시 주요 인물은 늦게 나타난다는 말을 증명이라도 하듯 한참 만에 등장한다.

그래도 우리는 불평을 안 한다.

1번 2번 신혼부부를 앞세우고 일렬로 번호에 맞추어 줄을 서자, 중국 세관원이 우리를 저쪽에 있는 입국심사대로 안내한다.

심사대 앞에는 신참인 듯한 여자 직원이 우리 일행을 하나씩 하나씩 째려본다.

아이들 데리고 탄 부부도 있고, 신혼부부도 있고, 우리같이 늙은 부부도 있고, 우리보다 더 나이가 드신 아저씨들(할배들이라고 하면 혼난다. 실제로 현지 가이드가 관광 온 할배 할매들이라고 하다가 이분들에게 되게 혼났다)도 있고, 대한민국의 아줌마들도 있고, 뭐 별로 볼 만한 사람도 없는데 하나하나 열심히 따져본다.

젊고 매력적인 총각도 없는데 이 아가씨, 참으로 시간을 질질 끈다.

일은 열심히 하는 듯하나, 한편으로는 참 답답하다.

일찌감치 나와 밖에서 또 기다린다.

1번 신랑은 제일 먼저 입국심사대를 빠져나왔으나, 20번이 나올 때까지 그곳에서 기다려야 한다. 단체비자가 적힌 종이를 회수해야 나중에 우

상해 시내 건물

리 일행 모두가 무사히 귀국할 수 있기 때문이다.

하나씩 하나씩 일행들이 모여드는데 역시 1번이 안 보인다.

나중에 보니 우리 뒷 번호의 나이 드신 아저씨들 중 한 분이 I대학의 K박사인데, 이분의 인상착의가 공개 수배 중인 테러단의 한 사람과 닮았다고 붙잡혀 있었던 것이다.

그렇지만 진실은 아무도 모른다. 정말로 K박사가 테러범을 닮았는지, 테러범이 K박사를 닮았는지.

그렇지만 그런 건 중요한 게 아니다.

그래서 사람들은 그런 걸 따지진 않는다.

그냥 공개 수배 사진과 똑같이 생겼다 싶어 시간을 끈 것이다.

K박사는 한참 뒤에 무죄 방면되어 우리 앞에 1번 신랑과 함께 나타났다.

20. K박사가 테러범이라고?

21. 평일에는 40도를 절대 넘는 법이 없다.

2012.1.2 월

모두 짐을 찾아 들고 공항 밖으로 줄을 지어 나오니 조선족 가이드가 피켓을 들고 있다.

11시 20분 전용 버스에 탄 후 상해 시내로 이동한다.

버스 옆으로 난 고가도로 비슷한 곳에서는 전차가 지나가는 듯한데, 가이드 말로는 세계에서 제일 빠른 시속 450km의 자기부상열차라 한다.

상해에서 항주까지 43분 걸린다던가?

푸동은 황포강 동쪽에 있는 포구라서 푸동이라고 한다.

우리말로는 포동(浦東)인 셈이다.

아파트에 걸린 빨래들

상해, 항주, 주가각 편

항구 도시인 상해는 프랑스, 영국, 일본 등 열강들의 조계를 거쳐 왔지만, 이제는 외탄에 들어서 있는 유럽풍의 건물, 황포강을 오가는 외국 선박, 변화가 끊이지 않는 사람들의 물결들로 활기가 넘치는 중국 제일의 국제도시이다.

최근 세계 최대의 상업도시로의 변신을 한 중국 경제의 중심 도시인 것이다.

이곳은 비도 많고, 안개도 많고, 그래서 연우강남(煙雨江南)이라는 말이 있다고 한다. 그래서 집안은 늘 축축하다.

그러니 날만 개면 빨래를 바깥에 널어놓을 수밖에 없다. 이불 등은 물론이고, 속옷까지도.

아파트도 예외는 아니다. 남이야 보거나 말거나, 어쩔 수 없는 이곳의 풍속이 되었다.

1990년 개방한 상해는 인구가 2천만이 넘고, 양자강 삼각주 지역에 위치하여 항구도 많고, 기업체도 많은 경제특구란다.

양자강의 주둥이라 할 수 있는 이곳에서 가장 큰 강폭은 120km라는 한다.

이곳은 비도 많고, 호수도 많고, 수로도 많고, 습도도 높고, 빌딩도 높고, 여하튼 많고 높은 것투성이다.

허긴 남한 인구의 반이 상해에 거주한다니 그 건 기가 막힐 일이지 결코 자랑거리는 아닐 것이다.

그런데도 우리 가이드의 얼굴에는 자부심이 넘쳐난다.

겨울 기온은 평균 3~4도로서 부산보다 높은 데도 아침저녁으로는 매우 춥다.

---

21. 평일에는 40도를 절대 넘는 법이 없다.

상해의 건물들

대부분이 습기 때문인지 이층 삼층집이다.

그렇지만 난방은 하지 않는다 한다.

모택동이 양자강 이하는 아열대 기후이니까 난방을 하지 않아도 된다고 했기 때문이란다.

모택동은 정말 대단한 사람이다. 그의 말 한마디에 이곳 사람들은 겨울에 오슬오슬 떨어야 한다.

반면에 여름에는 비록 37도를 넘는 경우가 드물지만 엄청 덥다고 한다. 습도가 높기 때문이다.

가이드 말로는 40도가 넘는다는 말은 거의 들어보지 못했다 한다.

그 이유는 중국의 노동법상 40도가 넘으면 일을 안 하고 집에서 쉬어야 하기 때문이란다.

상해, 항주, 주가각 편

　40도가 넘는다는 일기예보가 전혀 없는 것은 아니나, 그것은 주로 토요일 일요일에 그런 거고, 평요일에는 절대 40도가 넘지 않는다 한다. 평요일에는 일을 해야 하니까.

　자동차도 많은데, 택시는 대부분 폭스바겐이다. 폭스바겐 공장이 이곳에 있기 때문이라고 한다.

　자가용도 많은데, 자가용을 가진 사람들은 부자이다.

　중국인들은 외식을 주로 한다. 아침도 밖에서 먹는다.

　부동산은 철저히 국유화되어 있다.

　그래서 집이나 아파트는 내국인에게는 70년간 빌려주고 외국인에게는 50년간 빌려준다.

　집을 살(빌릴) 수 있는 것은 부동산 투기 때문에 한 번으로 제한하고

상해 시내: 병따개 건물이 보인다.

21. 평일에는 40도를 절대 넘는 법이 없다.

있다 한다.

이러한 집 가운데 제일 비싼 아파트가 한 평에 일 억이라는데, 총 평수는 300평이라고 한다. 아니 그럼 300억!

상해에는 30층 이상 건물들이 3,400개가 넘는다고 한다.

고층 건물들도 엄청 많다. 뉴욕, 홍콩, 상해 순으로 고층건물이 많다고 한다.

똑같은 형태로는 못 짓게 하여 건물마다 창의성이 번뜩이는 특이한 건물들이 모여 있다.

그래서 건물 구경이 꽤 볼 만하여 상해 관광을 '목 빠지는 관광'이라 한다.

건물 맨 위 부분에 네모난 구멍이 있는 102층 건물도 멀리 보인다.

원래는 일본 건축가가 둥근 구멍으로 설계한 것이라는데, 일본 국기를 모방한 것 같아 기분 나쁘다고 네모꼴로 바꾸었다 한다.

잘 한 일이다. 비록 병따개처럼 보이지만.

평당 일 억짜리 300평 아파트는 바로 이 네모 구멍 난 건물 앞에 있다.

남포대교를 지나는데, 이 다리는 초등학생이 설계했다 한다.

전용버스는 일단 점심 식사할 곳으로 우리를 데려간다.

조금 전에 비행기에서 먹은 것이 아직 그득한데, 그런 사정은 아랑곳하지 않는다.

22. 상해 옛 거리

2012.1.2 월

식사할 곳에 내리니 바람은 쌀쌀하다.

근방의 아파트에는 빨래들이 만국기마냥 펄럭인다. 속옷이건 겉옷이건. 이곳에서는 거의 다 그렇게 한다.

습기가 많으니 잘 마르지 않고, 방이 눅눅하니, 바깥에 걸어 놓고 바람에 말려야 하는 것이다.

더욱이 오늘처럼 해가 나온 날에는! 이렇게 더 없이 좋은 기회인 것을 중국 사람들이라고 모를 리 없다.

그렇지만 그런 건 중국인들 사정이고, 이국인의 눈에는 모든 게 다 관광이다.

사진기를 들어 한 컷 찍는다.

점심은 먹을 만했다.

술이 없어서 그렇지, 약간 느끼한 것 빼고는. 공항에서 짐 찾아 나올 때, 종이팩 소주를 핸드백에 넣어야 하는 건데…….

유비무환이라고 철저히 준비를 해왔건만, 소주는 버스 아래쪽 짐 넣는 곳에 그냥 갇혀 있다.

가이드에게 꺼내달라고 하기도 뭣하고, 그냥 참기로 했다.

참는 것은 저녁때도 계속되었다. 한 번의 실수가 가져오는 결과는 실로 엄청난 것이다.

점심을 먹고 1시 6분, 상해 옛 거리로 간다.

가는 도중에 거리 구경을 한다.

시간이 표시된 신호등

유심히 보니 신호등에 기다리는 시간이 빨간 불과 함께 나타나 있다. 좋은 아이디어다.

역시 배울 건 있는 법이다.

옛 상해의 모습을 재현해 놓은 풍물의 거리라는데 볼만은 하다.

가이드는 우리에게 50분의 시간을 준다. 마음대로 구경하라고. 그리고 는 50분 후 모일 장소를 지정한다.

모두들 모일 장소를 머릿속에 외워두려고 노력을 한다.

나야 길눈이 밝으니까 간 길을 다 외워 놓았다가 되돌아오면 되지만, 다른 사람들은 모일 장소에서 멀리 벗어나질 못한다.

많은 사람들 속에서 미아가 될지도 모른다는 불안감 때문일 게다.

대부분 4층 이상의 누각들 사이에 돌판을 깔아놓은 길이 나 있고, 그

상해 옛 거리: 누각의 처마

길에는 사람들로 북적인다.

누각들은 거의 대부분 상점들이다.

관광객만 북적이는 것은 전혀 아닌 듯하다.

허긴 2,000만 명이라는 상해 시민들 가운데 1/1000이 이곳에 있다 해도 2만 명이니······.

기와집으로 이루어진 누각들 너머로 동방명주라는 건물도 보이고 네모 구멍 난 병따개 빌딩도 보인다.

그렇지만, 동방명주나 병따개 빌딩을 보라고 여기에 풀어 놓은 것은 아니다.

그러니 사진을 얼른 찍고, 여기에서도 그런 건물들이 보인다는 증거만 확보한 다음 거리 구경에 나선다.

중국집 처마는 너무 급하게 올라간다.

중국인들은 그런 걸 정말 좋아하는 모양이다.

우리 기와집 처마는 자연을 살리는 부드러운 곡선인데, 이곳 중국집 처마는 속살을 그냥 내보이듯 다리를 번쩍 쳐든 형국이다.

그래서 다른 것이다.

누각의 발코니에는 아래위로 울타리를 쳐 놓았다.

아래 울타리는 왜 했을까?

건자재가 남아서 그랬을 리는 없을 거고. 목수가 실수로 그랬을 리는 더더욱 없을 거고, 아마도 보기 좋으라고 그랬을 거다.

고개를 빼어들고 누각의 처마도 보고, 베란다도 보고, 다시 고개를 내려 좌우를 둘러보니 상점도 많다.

대부분 먹는 가게이다.

먹는 것은 예나 지금이나, 중국이나 한국이나 늘 중요한 것이다.

금강산도 식후경이라는 말이 왜 나왔겠는가!

먹는 가게 중에서

상해 옛 거리: 누각의 처마

상해, 항주, 주가각 편

도 유명한 만두 가게에는 줄이 20미터쯤 늘어서 있는데 줄은 전혀 줄어들지 않는다.

왜냐면, 앞사람이 만두를 받아들고 나오면 뒤에는 또 다른 사람이 줄을 서니까.

줄 서 있는 사람 앞에서 만두를 든 플라스틱 그릇을 손에 들고 의기양양하게, 그리고 게걸스럽게 먹는다.

줄 서 있는 사람들의 표정에는 한없는 부러움이 묻어난다.

조금 가니 연못인지 아닌지는 모르겠으나, 물 한 가운데에 집이 있고 그곳으로 가는 다리도 있다.

못 한 가운데에는 꽃을 머리에 가득 인 수반이 몇 개 있고, 못 안에는 물론 잉어도 있다.

그 잉어를 신기하게 구경하는 중국인들도 많다.

잉어는 하나도 안 신기한데, 그것을 신기하게 구경하는 중국인들이 더 신기하다.

여하튼 볼거리는 많다, 잉어든 사람이든.

무슨 음식인지는 모르겠으나, 다리 난간에 기대어 음식을 먹는 중국인들도 많다.

얼마나 맛있는가 싶어 옆으로 가서 냄새를 맡아보니, 아이구, 정말 잘못했구나 싶다. 냄새가 고약하다.

쓸데없는 호기심이 때론 약이 되기도 하지만 때로는 얼굴을 찌푸리게도 하는 것이다.

그렇지만 그것은 나 때문이지 그 사람 때문은 아닌 것이다.

그래도 맛있게 먹는 걸 보니 내가 잘못한 것 아니겠는가!

22. 상해 옛 거리

세상을 많은 사람들은 내 눈으로만 본다.

내 눈이 내게 달려 있으니 내 눈으로만 보는 것이 당연하지, 어찌 다른 사람의 눈으로 세상을 볼 수 있냐고 항의한다면 나는 할 말이 없다.

저쪽으로는 말발굽에 비늘로 덮인 입은 용이고 갈기는 사자인 국적 불명의, 아니 국적 불명은 아니고 중국인의 머릿속에서 만들어낸 것이 틀림없는, 이상한 동물 두 마리가 문 앞에 버티고 있고, 그곳을 지나 저쪽 편에는 입장료를 받는 창구가 있다.

다가가 보니 유명한 관광지 중의 하나인 예원(豫園)이라는 정원이다.

효심 많은 관리가 약 20년에 걸쳐 부모님을 즐겁게 하기 위해 만든 정원이라 한다.

안을 들여다보니 태호석과 역시 누각들이 있고, 파마를 한 돌사자 두 마리가 보인다.

돈을 안 내고는 그 정도밖에 못 본다.

예원

112

더 깊숙한 곳은 돈의 힘이 있어야 한다.

한 번 들어가 볼까도 했지만, 일단 거리 구경을 다 한 다음 시간이 남으면 들어가 보기로 했다.

여하튼 이 건물, 저 건물, 큰 누각들을 둘러본다.

누각마다 현판이 달려 있다.

저 집에 사는 사람들은 자기 집을 잃어버릴 염려는 없을 게다.

누각마다 사람 키만 한 글자가 새겨진 현판이 있으니까.

그 누각들이 멋있어 보이기도 하지만, 한편으로는 멋대가리 없어 보이기도 한다.

왠지 답답한 느낌이 드는 건 여백의 미가 없기 때문일 것이다.

그냥 폼만 있는 대로 잡기 위해 크고 뾰쪽한 지붕에 처마만 들려 올라간 그런 집들이다.

그래도 등만큼은 멋있다.

이런 큰 집에 어

상해 옛 거리: 붉은 등

울리도록 지름만 일 미터 정도 되는 붉은 등들이 주렁주렁 달려 있어 운치를 더해 준다.

중국인들은 붉은색을 좋아한다.

붉은색은 해를 상징하며, 삿된 것을 물리친다고 하니 좋아할 만하다.

부지런히 돌아다녔더니 허리가 먼저 안다.

이놈의 허리는!

잠시 쭈그리고 앉는다.

그리고는 이 사람 저 사람 사람 구경을 한다.

건물 구경도 구경이지만, 사람 구경은 사실 더 재미있다.

웃는 사람, 먹는 사람, 찡그린 사람. 멍한 사람 등등. 아마 허리가 아파 쭈그리고 앉아보지 않은 사람은 이 재미를 모를 거다.

어! 그러다 보니 나에게 주어진 50분이 다 되어 간다.

모이라는 집결지로 빨리 달려가야 한다.

그렇지 않으면, 가이드가 얼마나 걱정을 하겠는가!

우리는 가이드를 안심시키려고 뛰다시피 되돌아간다.

우리보다 나이가 더 드신 아저씨들 두 분만 안 오고 다 모였다.

그래도 이분들은 걱정을 안 해도 된다. K박사 말고 다른 한 분은 중국어가 유창하니 말이다.

아니나 다를까, 땡! 하기 전에 금방 나타난다.

아마도 어떤 음식점에선가 한 잔 하신 눈치다.

23. 상해 박물관

2012.1.2 월

이제 박물관 구경이다.

이곳 시간으로 2시 40분이다.

1993년에 시공하여 3년 동안 건설되어 완공되었다는 원형 지붕 위에 아치 모양의 활선을 주가한 이 건물은 전체적으로 볼 때, 중국의 고대 청동기 그릇 모양 같다고 한다.

그런 설명을 들으니 그럴듯하지, 솔직히 가까이서는 잘 모르겠다.

박물관 바깥에서 주변을 둘러보면 역시 고층 건물들이 창의적으로 지어져 있어 볼만하다.

박물관 건물 앞에는 호가 지그재그로 파여 있고 호 안의 받침대 위에

박물관을 지키는 괴물들

는 흰색으로 조각한 신
화에 주소를 둔 이상한
동물들이 버티고 앉아
지키고 있다.

박물관 안쪽 한가운
데는 뻥 뚫려 있는데--
물론 천장 꼭대기는 유
리로 덮여 있지만--고개
를 들어 한 번쯤 볼만도
하다.

박물관은, 한 가운데
둥근 광장을 둘러싸고
빙 둘러 방들이 있는데,
그 방들이 바로 전시장
이다.

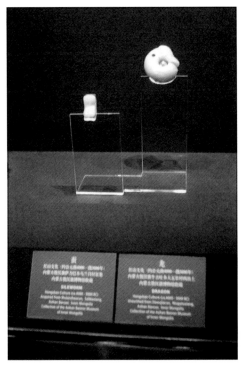

곡옥: 홍산문화

박물관은 5층이므로 5층부터 보면서 내려오기로 했다.

5층의 한쪽 방에는 옛 가구들이 있다. 주로 나무로 만든 가구들인데
목공예 솜씨가 볼만하다.

또 다른 방에는 옛 유물들이 전시되어 있는데, 곡옥이 있다.

우리나라에서만 출토되는 곡옥이! 우리와 관련이 있는 홍산문화의 유
물일 것이다.

밑의 설명을 보니 "홍산문화 ……."라고 쓰여 있다.

그리고 태양을 상징하는 사람 얼굴의 가면 형태로 옥 조각이 배치된

태양을 상징하는 얼굴

유물이 있다.

죽은 이의 얼굴에 장식을 하는 용도라고 한다. 언뜻 보면, 잉카나 마야의 유물과 비슷하다.

역시 동이문화의 유물일 것이다.

또 다른 방에는 소수민족의 유물들이 전시되어 있다.

해골 다섯 개를 머리에 장식하고 긴 뿔이 양쪽으로 달리고, 눈은 이마 위에 난 것 까지 합해서 세 개인데 부릅뜨고 있고, 코는 돼지 코와 똑같고, 입은 잡아먹을 듯 벌렸는데, 가운데엔 혓바닥이 말려 올라가 있으며, 귀는 볼때기 위에 붙어 있는 장족(藏族)의 가면이 눈에 띤다.

이 이외에도 여러 가면들이 있는데, 한결같이 머리에는 해골 다섯 개, 눈 세 개, 벌린 입과 혓바닥은 공통이다.

물론 그냥 얼굴들도 있다. 부처머리처럼 곱슬머리를 한 가면도 있는데, 하나는 얼굴빛이 검고 하나는 희다.

3층인가 4층인가 또 다른 방에는 산수화가 특별 전시되어 있다.

동양 산수화는 상상 속의 그림인줄 알았으나, 설악산을 가보고서야 비로소 상상이 아니라는 것을 알았는데, 이것들도 정녕 그러한가?

그냥 옛 자연 그대로 그린 건 아닐까?

그렇다면 사실 별건 아닐 것이다.

그냥 삶을 종이 폭에 옮겨 놓았을 뿐이니까.

그렇지만 서양인의 눈에는 너무나도 신기할 것이다.

너무 커서 위압감을 주는 것도 아니고 언덕이라고 하기에는 조금 높고, 그래서 이렇게 사람과 어우러지는 바위산과 그 앞에서 자연스럽게 구부러지며 가지를

장족의 가면

상해, 항주, 주가각 편

산수화

튼 나무들, 강인지 호수인지 바다인지는 모르겠으나 마음의 눈에만 형태를 들어내는 물, 그리고 나무 가지 사이로 자세히 보아야 비로소 형체가 들어나는 초가집의 평화가, 그리고 또 한 가지 여백이 주는 포근한 하늘의 마음이 그대로 나타나는 그림.

어찌 전쟁과 살육과 온갖 욕심에 절은 역사를 가진 현대인의 눈에 신기하지 않겠는가!

저 그림 속으로 들어간다면 오염된 마음이 그냥 저절로 정화될 듯하다.

24. 여행객들은 콜라를 안 좋아한다.

2012.1.2 월

너무 시간을 많이 끌었는가 보다.

한 시간 10분인가 시간을 주었는데, 벌써 마감시간이 다 되고 있다.

본 것은 얼마 안 되고 남은 것은 많은데…….

가이드 씨가 좀 더 많은 시간을 주었으면 좋을 것을. 지는 매일 손님들을 데리고 오니까 시들하겠지만, 우리는 처음 아닌가!

어찌되었든 가이드의 말 앞에서 우리들은 시간의 노예일 뿐이다.

사실 가이드 씨가 아니더라도 시간을 부리며 사는 사람이 얼마나 될까?

마음속의 시계에 맞추어 우리는 '빨리 빨리'에 너무 익숙해져 있는 것이다.

문명이 가져다 준 것이 발전이니 뭐니 떠들어 싸도 그것이 진정 여유를 가져다 주지는 못한다.

오히려 그것이 우리를 시간의 노예로 만든 것 아닌가?

4시 반에 박물관에서 나와 다시 버스를 타고 남경로로 간다.

남경로는 거리의 길이만 5km가 넘고, 각종 가게들과 음식점, 백화점, 호텔 등이 밀집해 있어 서울의 명동과 같은 곳이다.

얼마 전 이병헌, 김태희, 김승우 등이 주연한 KBS 드라마 아이리스(IRIS)도 여기에서 찍었다고 한다.

이 거리는 차가 다닐 수 없는 대신, 미니 열차가 수시로 관광객과 쇼핑객을 태우고 다닌다.

백화점이 많다고 하나 백화점에 들어가 봐야 별 볼 것이 없다.

상해, 항주, 주가각 편

120

그래도 여자들은 들어가 보고 싶어 한다.

참 희한하다.

다만 사람들이 정말로 많이 왔다 갔다 하는 복잡한 지역인 것은 틀림없다.

벌써 어둑어둑해졌다, 네온사인에 불이 들어오고, 주변의 빌딩들도 술집에 나가는 기생 아줌마처럼 치장을 한다.

사람 사는 곳은 다 그렇다.

비행접시가 내려앉은 건물

어찌되었든 사람들에 치이면서 옷가게 안에 들어가 이리 뒤적, 저리 뒤적 하는 주내를 보다가 그냥 쭈그리고 앉는다.

여기에 있는 사람들은 모두 무슨 큰 보물이라도 반드시 찾아야만 될 사명을 띤 사람들 같이 들었다 놓았다 계속 뒤적거리고 있다.

5시 30분 어둑어둑해지며 고층 빌딩에 불이 들어오기 시작한다.

안테나를 두 개 단 별로 멋있지도 않은 빌딩에도, 비행접시가 내려앉은 듯한 빌딩에도 불이 들어왔다.

24. 여행객들은 콜라를 안 좋아한다.

또 말로는 표현하기 어려운 원통형 건물에도 불이 들어온다.

잘 나오려나 하면서 사진을 찍는다.

이제 밥 먹을 시간이다.

배 속에서 벌써부터 기별을 한다. 하루 종일 걷기만 했으니 밥맛은 있을 것이다.

저녁은 소수민족의 춤을 보며, 태가촌에서 먹는다는데……

여하튼 우리는 가이드 씨의 말에 절대 복종이다.

빌딩에 불이 들어오고

태가촌에서는 음식과 함께 탁자마다 맥주 한 병과 콜라 한 병이 놓여 있다.

6-7명씩 세 테이블에 우리 일행은 앉는다.

여행객들은 콜라를 별로 안 좋아한다. 전부 맥주만 한 잔씩 먹고자 한다.

그래서 콜라를 맥주로 바꾸어 달라고 한다.

그렇지만 그래도 마실 것이 모자란다.

상해, 항주, 주가각 편

태가촌의 무희들

가이드 씨가 말은 안 했지만, 우리가 말을 잘 들었다고, 맥주가 아닌 진짜 술을 한 병 내온다.

나는 마시면서 버스 트렁크 속에 있는 소주를 생각하며 결심을 한다.

내일은 반드시 소주 팩을 들고 나오리라!

태가촌의 춤과 식사가 끝나자, 가이드 씨는 서커스 장으로 우리를 몰고 간다.

상해 서커스를 보는 것은 의무 사항이다.

그래야만 우리는 호텔로 갈 수가 있다.

그리고 그래야만 가이드 씨는 임무를 완수하게 되는 것이다.

24. 여행객들은 콜라를 안 좋아한다.

25. 비행접시를 타고 온 사람들?

서커스는 중국에서 작희(作戱)라 쓰는데 중국말로 발음하기는 좀 그렇다. 한편 신문도 '*지'라 발음하니, 이 두 말을 할 때에는 중국인에게는 괜찮지만, 한국 사람들 앞에서는 주의를 해야 교양이 있는 사람이 된다.

때 아닌 가이드 씨의 교양 강좌를 듣고 나니 바로 서커스 하는 데에 도착한다.

저녁만 먹으면 좋았었는데, 정말 서커스를 졸지 않고 볼 수 있을까?

서커스장 안은 컴컴할 테니 졸아도 다른 사람들은 신경을 쓰지 않을 것이다.

마음을 다잡고 들어가 서커스를 본다.

상해 서커스

상해, 항주, 주가각 편

상해 서커스

　무대 뒤에는 상해의 고층 건물들이 투영되어 있고, 그 앞에서 그네도 타고, 춤도 추고, 봉도 타고, 온갖 묘기를 다 부린다.

　조금 있으니 고층 건물들은 없어지고, 이제는 만리장성이다.

　그리고는 그냥 푸른빛이 반사된 커튼 비슷한 무늬만 나타난다.

　사람들은 그 앞에서 부리는 묘기만 보지, 뒤에 있는 고층 건물도, 만리장성도, 푸른빛 나는 천도 보지 않는다.

　아마 서커스 가서 뒷 배경 본 사람은 나밖에 없을 거다.

　이제는 배가 몇 척 떠 있고, 해가 지는 건지 떠오르는 건지는 모르지만 따뜻한 그런 풍경의 황포강이 배경이 된다.

　나는 몸이 뻣뻣해서 허리를 구부려도 손이 발등에도 안 닿는데, 저 사람들은 허리를 180도로 잘도 구부린다.

저 사람들은 정말 사람들이 아니다.

아마도 서커스 단원들은 화성에서 온 사람들인지 모른다. 아니면 금성에서 왔는지도.

그렇지 않다면 어찌 몸을 저렇게 접었다 폈다 할 수 있을까?

자꾸 남경로에서 본 건물 위의 비행접시가 생각이 난다. 아마도 그 비행접시에 타고 온 사람들 아닐까?

그네도 타고, 북도 두드리고, 자전거도 타고……. 자전거 묘기의 하이라이트는 9명이 하나의 자전거에 타고 부리는 묘기이다.

그 위에서 이리 눕고 저리 눕고, 손도 들고 다리도 들고--다리는 안 들었던가?-- 여하튼 저것들은 사람이 아니다.

그렇지만 부러운 건 저 여자들이 아니고 저 자전거이다.

저 자전거는 엄청 튼튼할 거다.

아무리 여자 몸무게라 해도 9명이나 탔는데도 끄떡없이 잘 구르니 말이다.

저 자전거를 수입하

상해 서커스: 자전거

상해, 항주, 주가각 편

면 안 될까?

그건 안 된다. 자전거포도 먹고 살아야 하니까.

마지막 묘기는 오토바이이다.

둥그런 쇠 철망으로 만든 공 속에 한 명이 들어가 빙빙 돈다.

그 다음 두 명이 들어가 서로 엇갈리며 돈다. 이제는 세 명이다. 그리고 네 명이 빙빙 돈다.

드디어 다섯 명이다. 도저히 불가능할 것 같은데…….

저러다가 부딪치면 어쩌누?

역시 저 분들은 사람이 아니다. 분명 화성에서 왔을 것이다.

서커스 내내 졸 것이라는 예상은 전혀 빗나갔다.

비행접시를 타고 온 사람이 아니면 낼 수 없는 묘기라 생각하면 마음

상해 서커스: 오토바이

25. 비행접시를 타고 온 사람들

졸일 필요도 없는데, 그래도 졸지는 않았다.

사람들은 보고 싶은 것만 본다. 그리고 보기 싫으면 존다.

서커스가 끝나고 이제 호텔로 가는 길이다.

호텔에는 10시가 되어야 도착한다.

오늘 교통은 그렇게 혼잡하지 않았다.

그것은 오늘이 양력설 다음 날, 곧 노는 날이어서 그렇다.

그렇지만, 명절엔 놀러오지 않는 게 좋다. 식당이나 가게들이 문을 닫기 때문에 잘못하면 쫄쫄 굶을 수 있기 때문이다.

이 나라는 노동자의 나라라서 그런지 노는 날도 많단다.

양력설은 3일간 놀고, 음력설은 보름 내지 한 달, 5월 1일은 노동절이고, 10월 1일은 국경절인데, 이때에는 일주일을 논다.

다른 건 뭐 부럽지 않지만, 노는 날 많은 것은 정말 중국이 맘에 든다.

허긴 그렇게 많이 놀지 않으면 설 쇠러도 못갈 거다.

저 끝에서 저 끝으로 설 쇠러 가려면 적어도 3박 4일은 가야하니까, 가서 설 쇠고 세배하고 돌아오려면 보름도 조금 모자란 나라니까 말이다. 필요는 발명의 어머니라고, 휴가 기간이 그렇게 길은 것도 다 필요에 의한 것이다.

상해, 항주, 주가각 편

26. 마음이 빠지는 도시

2012.1.3 화

천홍 국제 호텔에서 잘 잤다.

소주 팩을 잊지 말자.

잊지 말자, 잊지 말자 하면서도 곧잘 잊는 것이 사람다운 것이다.

그렇지만 그렇게 사람다워질 때 불편도 따르기 마련이다.

주내 말대로 항상 굿 앤 배드(good and bad)가 같이 있는 것이다.

나는 사람답게 살기 때문에 잊어버릴 때가 많고, 불편할 때도 많고, 후회할 때도 많다.

그래서 이제는 생각을 바꾸어, 잊어버리기 전에 실행에 옮긴다.

소주 팩을 두 개 빼서 여행시간표와 함께 손으로 들고 갈 비닐 팩에 넣는다.

이 비닐 팩만큼은 항상 휴대해야 한다.

5시 30분 일어나 7시 30분 1층 호텔 식당으로 가 아침을 먹는다.

별 것은 없지만 그래도 그런대로 먹을 만하다.

8시 30분 하늘 무지개라는 천홍(天虹) 호텔에서 항주로 간다.

가이드 씨는 3시간 여정이지만 중국에서는 그것이 이웃 나들이라며 중국이 얼마나 큰 나라인지를 자랑스럽게 강조한다.

교포이긴 하지만 그는 중국 사람이다. 전쟁이 나면 중국 편을 들지 않을까?

거리에는 십자가가 거의 보이지 않는다.

우리나라에는 십자가가 정말 많은데, 이곳에선 십자가가 아예 안 보인다.

개방 이후 종교의 자유를 억압하는 것은 아니지만, 정부에서 일요일 날 사람들이 모이는 것을 금지하였기 때문이다.

상해의 건물들은 볼 만하지만 학교와 병원은 많지 않다. 그래서 병원에 가려면 새벽부터 줄 서서 기다려야 한다.

그러니 아침에 공원 같은 곳에 모여 운동을 많이 한다.

옛날에는 맨손체조를 많이 했는데, 지금은 주로 댄스를 한단다. 그러다가 바람도 많이 난다고 한다.

건강을 지키는 대신 가정이 깨질 수 있으니, 역시 굳 앤 배드(good and bad)다.

누구에겐가는 굳 앤 굳(good and good)일 수도 있겠지만.

항주 서호

상해, 항주, 주가각 편

옆으로 자기부상열차가 지나간다.

상해 항주간 45분 걸린다는데, 가격은 88위안-158위안(우리 돈 16,000원~30,000원가량)이란다.

싼 가격이 결코 아니다.

버스로는 상해에서 세 시간 거리인데 그 중간에 가흥 휴게소가 있다.

가흥 휴게소에 10시 7분에 도착한다.

버스 내리는 곳에서 제일 가까운 곳에는 역시 주전부리를 파는 가게가 있다.

배우지 않은 한자도 많다.

아는 한자만 가지고 해석을 해보면, 검은 쌀로 만든 죽이 5위안, 주스도 5위안, 녹두탕도 5위안, 대부분 5위안이다.

그러니까 우리 돈으로 800원 정도이다.

으레 휴게소에 들리면 화장실에 다녀 온 다음 가게를 둘러보는 것이 당연한 순서이고 예의이다.

가게에 들어가 보니 사탕수수도 잘라서 팔고, 이름 모를 과일도 있고,

가흥 휴게소의 물가

마음이 빠지는 도시: 항주

여아홍 등 술도 판다.

이것저것 보다가 이곳 토속주라는 것을 한 병 샀다.

중국 술 중에 20위안(3,200원)밖에 안 하는 제일 싼 것이다.

그래도 옹기 병에 빨간 딱지를 붙이고 주둥이는 종이로 싸서 묶은 것이다.

들고 차에 타니 가이드 말에 따르면, 그래도 이 술이 3년 숙성된 것이라 한다. 우리 술로 막걸리 비슷한 술이라 한다.

11시 11분 항주로 나가는 출구가 있다.

항주는 절강성에 있다.

중국 7대 옛 수도의 하나이며, 아름다운 경치로 인해 예부터 '지상의 낙원' 이라고 부르며 그 이름에 걸맞은 아름다운 경관을 유지하고 있다.

서안은 역사적 유물이 많아 가이드의 설명을 귀담아 들어야 하는 도시라서 '귀 빠지는 도시'라 하고, 계림은 산수 경치가 너무 아름다워 '눈 빠지는 도시'이고, 상해는 볼 만한 고층건물이 많아 '목 빠지는 도시'라는 데, 소주 항주는 쌀도 많이 나고, 고기도 많고, 비단도 많고, 먹을 걱정 입을 걱정 안 해도 되는 예부터 천당이 있다면 바로 이곳이라 할 정도로 살기 좋은 곳이어서 '마음이 빠지는 도시'라고 한다.

가이드가 출구 밖의 길에 서 있는 사람들을 소개해 준다.

항주 인구는 700만이며 볼거리도 많고 유적도 많아 외부인들이 많이 온다. 그러면 길을 안내해줄 사람이 필요한데, 저들이 길 안내해주고 돈 버는 사람들이라 한다.

별 직업이 다 있다.

좀 더 정확하게 말하면, 저들은 무허가 여행 가이드인 셈이다.

저렇게 서서 기다리다가 나오는 차를 붙잡아 길 안내를 강청하고, 길 안내를 해주고 돈을 번다고.

27. 전당강의 범람을 막아낸 소년

2012.1.3 화

항주에 들어서자 여행 스케줄에 나와 있는 대로 육화탑을 차창 관광을 하면서 지나간다.

차창 관광은 내려서 입장료를 내고 들어가 육감으로 느끼는 것이 아니라, 달리는 버스의 창문을 통해 그냥 보는 것을 고상하게 표현한 말이다.

육화탑은 항주 남쪽, 전당강(이곳 발음은 첸탄강)의 북쪽 연안에 위치한 높이 60m의 팔각 칠층탑이다.

내려서 보면 좋으련만 차는 무정하게 그냥 지나간다.

육화탑은 전단강의 범람을 막아준 육화라는 소년을 위해 만들었다는 전설이 있다.

육화라는 착한 어린이가 부모와 살고 있었는데, 아버지는 전당강의 범람에 휩쓸려 익사하였고, 전단강에 사는 용왕이 어머니마저 납치해갔다.

전당강

아마 용왕이 육화의 어미를 탐했나 보다.

졸지에 고아가 된 육화는 이를 슬퍼하여 전당강에 돌을 집어 던지기 시작하였다.

상해, 항주, 주가각 편

그치지 않고 던지니 용왕이 생각하길 이러다가 잘못하면 돌무더기에 언젠가는 용궁이 박살날 것이라 생각하여 금은보화를 주며 화해하길 청하였으나, 육화가 말을 듣지 않았다고 한다.

할 수 없이 육화의 어머니를 돌려주고 다시는 전당강을 범람시키지 않겠다고 싹싹 빌고 난 후에야 돌 던지는 것을 그만 두었다.

그 후로 전당강의 범람 때문에 사람들이 피해보는 일이 없어졌다.

그래서 그 소년을 기리기 위해 그가 돌을 던진 작은 산 위에 탑을 짓고 육화탑이라고 불렀다고 한다.

육화탑 옆의 강은 전당강인데, 조수 간만의 차가 8미터나 된다고 하니 이런 이야기가 만들어진 것이리라.

자연 현상으로 생겨난 하구는 나팔 모양인데, 그 폭이 120킬로미터나 된다고 자랑 아닌 자랑을 한다.

어제 상해에서도 120킬로미터나 된다고 한 것 같은데…….

내가 잘못 들었나?

건듯하면 강 하구의 폭이 120킬로미터이니…….

여하튼 큰 것을 엄청 강조하고 좋아하는 사람들이다.

아마도 내 생각에는 둘 중의 그 어느 하나도 120킬로미터는 안 될 것 같다.

중국인들의 과장 아닐까? 의심을 해보지만, 굳이 따져 묻기도 그러하고, 그냥 내버려 둔다.

전당강 1교는 중국인이 설계하여 건설한 것인데, 두 번 파괴되었다고 한다.

첫 번은 일본의 침략을 예견하고 처음 건설할 당시 화약을 미리 장착

해 놓았다가 폭파한 것이고, 두 번째는 장개석이 후퇴 시 파괴한 것이라 한다.

일본의 침략에 대비해 미리 폭약을 설치해 놓았다니 그럴 수도 있겠다 싶다.

육화탑을 지나 얼마 안 가 어떤 집 앞에 내려놓는다.

그리고 그 유명하다는 동파육(東坡肉)을 먹는다.

드디어 소주 팩이 제 구실을 다 했다.

울산서 온 중년 부부가 제일 즐거워하는 것 같다.

동파육은 절강 성 항주의 대표적인 요리로 오겹살 돼지 찜 요리이다.

소동파가 이곳에서 벼슬을 할 때 처음 요리법이 개발되어 동파육이라고 한다는데 그 전말은 다음과 같다.

항주로 좌천된 소식(蘇軾)은 돼지 오겹살을 좋아해 틈틈이 삶아 먹곤 했는데, 요리를 하던 중에 옛 친구가 방문하였다.

돼지고기를 불에 올려 놓은 채 바둑에 열중하다 타는 냄새가 나 가 보았더니 고기가 까맣게 익고 있었다.

그러나 그것을 먹어보니 너무너무 맛있었다.

그래서 그 다음부터 동파육을 먹고 싶으면 고기를 불에 올려놓고 바둑을 두었다나 어쩐다나 하는 이야기가 아직도 전해지고 있다.

여하튼 이렇게 내 놓은 것이 바로 동파육(東坡肉)이라고 하며, 거지닭[叫花鷄 규화계]과 함께 항저우의 유명한 음식이 되었다고 한다.

원래 이 사건이 발생된 곳은 항주(杭州)가 아니고 소동파가 노닐던 양자강 황주(黃州)였는데, 후에 남송의 수도인 항주로 확산되어 항주의 대표적인 요리로 남았다고도 한다.

상해, 항주, 주가각 편

28. 성황각의 수탉들

2012.1.3 화

점심을 먹고, 이제는 성황당을 둘러보아야 한다.

서호를 끼고 성황당으로 가는 길은 향단목이라는 가로수들이 터널을 이루고 있다.

여름이라면 시원하겠다.

향단목은 말 그대로 향내가 나는 나무이고, 그 향내를 모기가 싫어한다.

그래서 이곳 사람들은 향단목을 좋아한다.

이곳엔 물이 많으니 모기도 많을 테고, 그런데 향단목이 모기를 쫓아

오산

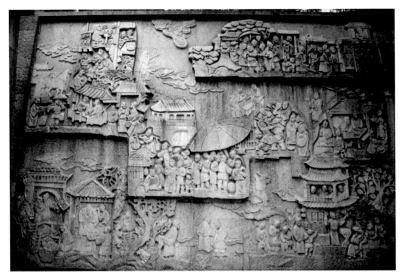

오산의 바위벽

주니 좋아할 수밖에.

성황각은 남송과 원대의 건축 양식을 본떠 만든 7층짜리 고건축물이며, 높이는 41.6m인데, 오산(吳山)에 있다.

이곳 땅이름이 오(吳)이고, 그래서 그것을 국호로 삼은 것이 삼국지에 나오는 오나라이다.

계단을 오르니 바위벽에 돌을새김을 한 벽이 가로 막고 있다.

여하튼 사람들은 위대하다.

돌을 쪼아 당시의 살던 모습을 우리에게 전달해 주는 것만 해도 대단한 것이다.

다시 평지에서 저쪽 나무 가지와 잎사귀 사이로 커다란 누각이 서 있는데, 저것이 성황각인 모양이다.

상해, 항주, 주가각 편

오산천풍(吳山天風)

성황각은 황학루, 등왕각, 악양루와 함께 중국의 강남 4대 누각이라 한다.

밖에서 올려다 본 성황각은 엄청난 크기의 목조 건물이고, 역시 처마의 네 귀는 하늘을 향해 치솟아 있는 것이 위풍당당한 게 강남 4대 누각답다.

성황각 들어가기 전, 오른쪽 이층 누각엔 오산천풍(吳山天風)이라 크게 새겨 놓은 비석이 있다.

오산의 하늘 바람이라? 무슨 뜻인지는 잘 모르겠으나, 비석의 모습만큼은 위풍당당하다. 그 글자도!

성황각에 들어가 본다.

1층에는 〈남송항성풍정도(南宋杭城風情圖)〉라는 대형 작품이 진열되어 있다.

이것은 남송 때의 생활 풍속, 이를테면 두다도(斗茶圖), 화랑출가(貨郞出街), 서호의 용주(龍舟) 경기 등이 모형으로 표현되어 있으며, 천여 채의 가옥과 삼천 명이 넘는 인물들이 생생하게 묘사되어 있다.

길이가 31.5m의 이 작품을 만들기 위해 항주 시 장인들 만여 명이 참여하였고, 2년이 걸렸다 한다.

한 바퀴 돌아 나오면 엘리베이터가 있다.

엘리베이터는 전기로 가는 계단이라는 뜻으로 전계(電階)라 한다. 에어컨은 공기로 온도를 조절하는 것이어서 공조(空調)라 하고.

이런 것만큼은 우리가 배워야 한다.

우리말을 놓아두고 우리는 왜 외국말에 절어 살아야 하는지?

성황각: 강남 4대 누각의 하나

상해, 항주, 주가각 편

140

정부 당국자들의 의식이 문제이다.

방송과 언론을 쓸데없이 통제하지 말고, 외국어나 외래어를 우리말로 가다듬어 널리 펼쳐 쓰게 하여야 세종대왕의 후예로서 체면이 서질 않겠나?

반성할 일이다.

엘리베이터를 타고 4층인가 여하튼 최고 꼭대기까지 올라 항주 시내와 서호를 굽어본다.

성황각

날씨가 뿌연 게 시야가 확 트이지는 못하였어도 볼만은 하다.

저쪽 등성이로 이어진 곳에는 꼭대기마다 또 다른 정자가 지어져 있다.

그렇지만 크기만 했지 자연과 조화되지는 않는다.

정말로 이 사람들은 큰 것을 좋아한다.

조화보다는 큰 것을! 중국인들의 구호일 것이다.

바깥으로 이어지는 지붕 꼭대기에는 있는 대로 배를 밖으로 내민 수탉이 있다.

가만히 보니 사방으로 똑같은 놈들이 한 마리씩 폼을 잡고 서 있다.

저 놈들이 지붕 꼭대기에서 배를 한껏 내밀고 있는 것도 무슨 이유가 있을 텐데…….

목청껏 소리를 지르는 것 같기도 하고…….

성황각의 수탉

여하튼 귀엽다.

성황각에서 나와 옆의 전각인 성황묘로 들어간다.

성황묘는 명나라 때 관리였던 주신(周新)을 모신 사당이다.

주신이 이곳 안찰사로 재임하는 동안 청렴결백하여 조금의 사심도 없었으며 소송을 원만하게 해결해 주어서 백성들로부터 신망을 받았다고 한다.

상해, 항주, 주가각 편

후에 주신이 명 성조에 의해 무고를 입어 피살되자 백성들의 원망을 잠재우기 위해 명 성조는 이곳 성황각에서 주신을 제사지냈다고 한다.

방에는 2m가 넘는 나무 판에 조각을 해 놓았는데, 그 솜씨 또한 절묘하다.

성황묘를 돌아가니 그곳에는 나무로 깎은 듯한 목상들이 모셔져 있다.

가운데는 투구를 쓴 엄청 큰 성황신--아마도 주신?--이 위엄 있게 그렇지만 인자하게 앉아 있고, 좌우엔 성황신의 비서와 경호원이 한 발짝 뒤에서 그를 모시고 있다.

성황신 앞에는 초와 커다란 공덕함이 공덕을 쌓으라고 놓여 있다.

그리고 공덕함 뒤 노란 색 종이인지 뭔지 모르겠으나, 그 위에 '천 원 하나'라고 쓰여 있다.

이곳 오산

성황각의 나무 조각

28. 성황각의 수탉들

성황묘   성황각의 새끼 사자들

을 지키는 성황신께서 엄청 궁하신 모양이다. 아님, 퇴계 선생을 만나 무슨 자문을 얻으려나?

묘 밖에 있는 쇠 향로가 멋있게 보인다.

가만 보니 쇠 향로는 훔쳐가지 못하게 성황각(城隍閣)이라는 글자를 흘림체로 새겨 놓았고, 향로 밑은 새끼 사자 세 마리가 인상을 쓰며 받치고 있다.

새끼 사자들이 많이 힘들겠다.

29. 금붕어 눈이 튀어나온 이유

2012.1.3 화

항주는 절강성의 성도이다.

산은 400m 이하이며, 산 70, 물 20, 도시 10으로 구성된 살기 좋은 곳이다.

그래서 항주 아파트가 가장 비싸다고 한다.

중국인들에겐 '소주에서 나서 항주에서 살고, 광주에서 먹고 유주에서 죽는 것이 꿈'이라는 말이 있다고 한다.

소주에서는 과거에 급제한 사람이 많이 나오기 때문에 소주에서 나고, 항주는 살기 좋은 곳이니 항주에서 살고, 광주는 먹을 것이 풍부하고 요리가 발달해 있기 때문에 광주에서 먹고, 그리고 옛 유비가 촉나라를 일으킨 저 깊은 산속 그윽한 곳에 있는 유주는 말 그대로 산이 좋은 곳이므로 죽은 이를 위해 안성맞춤이라는 말이다.

서호 유람을 위해 배 타러 가는데 길거리엔 비가 온 듯하다.

알고 보니 비가 온 것이 아니고, 일부러 먼지 안 나게 하루에도 몇 번씩 도로에 물을 뿌린다 한다.

서호가 항주를 먹여 살리는 자원이니, 관광도시답게 오염되지 않도록 무척 신경을 쓴다고 한다.

수영 금지, 낚시 금지는 물론이고, 화장실도 이용 금지란다.

또한 새로운 식당은 절대 허가를 안 해주고, 모든 배는 손으로 젓거나 전기로 가는 것들이며, 매일 서호의 물을 바꾼다.

서호는 반은 인공 호수라서 물이 갇혀 있어 썩기 때문에 물을 바꾸어

서호 유람

주어야 한다.

다 바꾸려면 33일 걸린다 한다.

항주의 최대 관광지로서 매 계절마다 다른 모습을 보여주는 서호십경 (西湖十景)이라는 절경을 보존하려니 그렇게 하는 수밖에 없다.

우리나라 청계천도 매일 한강물을 끌어다가 퍼부어줘야만 한다는데, 이를 흉내 낸 건지, 이들이 우리를 흉내 낸 건지…….

오염을 방지하기 위해 전기차를 운영하고, 택시는 청정 가스와 휘발유 를 함께 쓰는 혼합차만 다니며, 자전거는 무료로 대여해 준다고 한다.

관광 와서 자전거만 타고 다니면 돈 들 일이 없겠다고?

천만의 말씀이다. 여름에는 너무 더워 자전거 타고 다니면 헉헉거리다 결국 음료수 사 먹고 아이스크림 사먹고, 돈을 쓸 수밖에 없다는 것이다.

146

앞을 내다보며 장사하는 수완은 역시 장사꾼 나라답다.

서호가 유명한 이유 중의 하나는 서시(西施) 때문이기도 하다.

서시는 중국 역사상 양귀비, 왕소군, 초선과 더불어 중국 4대 미인으로 꼽히는 미모의 주인공이자 슬픈 역사의 희생양이기도 하다.

춘추 5패의 주인공들 가운데 둘인 월왕 구천과 오왕 부차 사이에서 정략적으로 이용된 여인이다.

오왕 부차에게 패한 월왕 구천이 와신상담하며 복수를 위해 서시를 오왕 부차에게 바쳤고, 서시에게 홀딱 빠진 오왕 부차는 정사를 돌보지 않아 결국 월왕 구천에게 멸망당하고 만다.

이 서시의 미모가 얼마나 출중했는가 하면, 물고기들이 서시 구경하다가 수영하는 것을 잊고 물에 가라앉아 익사했다고 한다.

그래서 서호는 침어(浸魚)라는 호칭을 가지게 되었으며, 다른 한편으로는 물고기들에게 그러한 막강한 영향력을 행사한 서시를 기념하여 서자호(西子湖)라고도 부른다.

붕어 눈

서시는 춘추전국시대 말기 이곳에서 태어난 월나라 미인인데, 서시가 서호에서 목욕하는 걸 보다가 금붕어 눈이 튀어나오게 되었다는 전설도 있다.

29. 금붕어 눈이 튀어나온 이유

서호에서 본 항주

서시가 서호에서 발가벗고 목욕할 제
금붕어 이를 보고 두 눈 튀어 나왔다네
허풍도 이 정도라면 가히 메달 감이네

그 이후로도 서시가 목욕을 하면 그걸 보다가 물고기들이 물에 빠져 죽었다고 한다.

그래서 그 다음부터 서시는 서호에서 절대 목욕을 안 했다고 한다.

여하튼 항주에 서호가 없었다면 항주를 갈 이유가 없을 것이라 할 정도로 서호는 항주에서 가장 아름답고 볼 만한 곳이라는데, 둘레만 15km, 면적은 6.3km², 평균 수심은 1.8m이며, 깊은 곳은 2.8m 정도 된다.

상해, 항주, 주가각 편

중국의 호수치고 별로 크지는 않지만, 그 아름다움이 빼어나서 절색의 구릉과 계절을 장식하는 나무, 아침과 저녁으로 비 오는 날과 갠 날 등등 각각 나름대로 아름다움을 지니고 있어 사람을 매료시킨다.

호수의 풍경을 빼고도 정자와 누각, 사원과 탑 등이 주위의 자연과 어우러져 정말 아름답다.

책에 쓰여 있는 말이다.

이태백 역시 화창한 날의 서호는 서시의 화장한 모습이고, 안개 낀 날의 서호는 서시가 화장하지 않은 모습이라고 서호를 절세미인에 견주며 아름다움을 극찬했다 하나, 뿌연 안개 속에 서호가 썩 아름답다는 생각은 들지 않는다.

기대보다는 실망이다.

30. 서호 유감

2012.1.3 화

서호는 백제(白堤), 소제(蘇堤), 양공제(楊公堤)라는 세 개의 둑에 의해 외호(外湖), 내서호(內西湖), 악호(岳湖), 서리호(西里湖), 소남호(小南湖)의 다섯 호수로 나뉘어 있다.

백제는 당나라 때 지사로 부임한 백거이(白居易)가 축조했으며, 소제는 송나라 시인 소동파(蘇東坡)가 만든 것이기에 그런 이름이 붙여졌다.

서호의 배타는 곳으로 들어가는 길목에는 주신 동상이 서 있다.

소제는 사시사철 아름다워 청춘남녀들의 데이트 코스란다.

그래서 외로운 남녀들이 이곳을 거닐다보면 저절로 짝을 찾게 된다 한다.

아마도 뇌봉탑에 얽힌 백소정과 허선과의 사랑이야기 때문이리라. 그들도 그곳에서 만나 비를 맞고 우산을 씌워주고 그래서 결혼했으니까 말이다.

저쪽 바다 너머 동산 너머로 뇌봉탑이 보인다.

뇌봉탑은 왕비탑이라고도 한다.

아들난다는 소문이 있어 연애하는 젊은 남녀들이 장교를 왔다 갔다 하는 유명한 곳이다.

뇌봉탑은 크기만 하지 역시 자연과는 절묘하게도 부조화를 이룬다.

그리고 서호에는 수양버들이 늘어서 있다.

옛날 수양제가 서호에 왔을 때, 아첨 잘하는 어느 환관이 황제를 기쁘게 하기 위해서 "저 버드나무들도 폐하의 왕림을 저렇게 머리 조아려 환

서호의 수양버들

영하고 있나이다. 폐하!"라고 떠들어댄 것이 버드나무를 수양버들이라고
부른 연유가 되었다고 한다.

결코 수양제가 여기까지 와서 손수 심어서 수양버들이라고 부른 것이
아니니 오해 마시라.

드디어 배를 타고 유람을 한다.

일종의 뱃놀이인 셈인데. 호수 저쪽 바깥으로는 항주 시내의 건물들이
뿌연 안개 속에 둘러 쳐져 있다.

사진 찍기에는 정말로 나쁜 날씨다.

원근감도 안 생기고, 그렇다고 신비감도 안 생기는 그런 날이다.

경치가 좋아야 하지만, 날씨도 받쳐줘야 경치가 사는 법이다.

배를 타고 가면서 보면 왼편으로 섬이 하나 보이는데, 그 섬은 원래

소동파가 파내어 쌓아 놓은 것이라 한다.

서호는 북경 서쪽의 이화원과 비슷하다.

서태후가 이곳에 와서 서호를 보고 반하여 가져가려 했으나 가져갈 수가 없어 똑같이 흉내 내어 파낸 것이 이화원이라 한다.

어쩐지 이화원과 비슷한 정취가 나더라니…….

서호는 작년 8월에 세계문화유산으로 지정되었다고 한다.

이곳 사람들은 서호십경이니 뭐니 하며 입에 침이 마르도록 칭찬을 하지만, 내 눈엔 그저 그렇다. 전부 다 돈 벌려고 하는 수작이다.

중국인들은 항주를 두고 마르코폴로가 세상에서 가장 아름다운 도시라고 극찬한 곳이라 주장하며, '하늘에는 천당이 있고, 땅에는 소주와 항주가 있다[上有天堂 下有蘇杭 상유천당 하유소항]'라는 말을 만들어냈다.

그러니 얼마나 기대를 하였겠는가!

아마도 날을 잘못 잡아 온 모양이다.

유람선을 타고 호수를 한 바퀴 돌아 나오나 별 흥취가 없다.

날씨는 뿌연 게 안개도 아니고, 스모그 비슷한 것이 시야만 방해할 뿐이다. 소동파가 호수의 흙을 퍼내 만들었다는 섬은 이름이 소영주(小瀛洲: 신선이 사는 작은 섬)라나 뭐라나. 여하튼 그 섬 안에는 또 조그만 호수가 있어 "호수 안에 섬이 있고 섬 안에 또 호수가 있다."는 말을 지어낸 원흉이 되었다고.

그보다 더 유명한 것은 그 섬 남쪽 호수 안에 2미터짜리 석탑 3개를 세웠는데, 탑마다 안에 5개의 구멍을 뚫어 놓아서 달밤에 가운데 등불을 넣으면 수중의 달과 어울려 그 경치가 끝내준다고 한다.

서호 10경 중 하나인 삼담인월(三潭印月)이다.

상해, 항주, 주가각 편

삼담인월

이 삼담인월(三潭印月)에서는 달을 37개까지 볼 수 있다고 한다.

15개의 달 같은 등불이 물에 비추면 30개의 달이 되고, 거기에 하늘에 있는 달, 호수에 비친 달, 임의 눈동자에 잠긴 두 개의 달, 술잔에 떠 있는 달, 마음에 있는 달에다가 호수 서쪽의 고찰 영은사(靈隱寺)의 스님 대머리에 비친 달까지 합하면 37개가 된다.

머리 나쁜 사람은 손가락으로 하나씩 가리키며 세어 보아야 하는데, 어지러워 어디 다 셀 수 있겠나!

지나는 배에서는 멀리 보이는 뾰족한 탑 봉우리만 희미할 뿐, 삼담인월이고 뭐고 실망이다.

31. 흰 뱀의 서글픈 전설

2012.1.3 화

뇌봉탑(雷峰塔)은 북송 때인 977년 오월의 왕 전홍숙이 사랑하는 왕비 황씨가 아들을 낳은 것을 기념하여 세웠기에 왕비탑이라고도 부른다.

또한 성의 서관(西館) 밖에 있고, 벽돌로 지었기에 서관전탑(西館塼塔) 이라고도 부른다.

이 탑은 1994년 중국의 영화감독인 서극이 연출한 청사(靑蛇)의 소재 인 백사전(白蛇傳)의 전설이 깃든 탑이다.

백사전은 중국 항주를 배경으로 한 흰 뱀의 전설을 1736년에 경극으 로 만든 것인데, 주제는 흰 뱀 백소정(白素貞)과 선비 허선(許仙)의 사랑 이야기이다.

그 내용은 다음과 같다.

옛날 중국 아미산에 수천 년 동안 도를 쌓은 두 마리 뱀이 있었다.

백사(白蛇) 백소정(白素貞)과 청사(靑蛇) 소청(小靑)은 인간 세상의 아름 다운 경치에 반해 아름다운 두 여인으로 변신해 항주(杭州) 서호(西湖)에 놀러왔다.

아름다운 서호에서 정신없이 놀다가 서호의 단교(斷橋)에 이르러 갑자 기 폭우가 쏟아지게 되었다.

허겁지겁 버드나무 아래로 비를 피한 그들에게 허선(許仙)이라는 젊은 남자가 우산을 받쳐주게 되었다.

허선은 성묘하고 돌아가다가 버드나무 아래서 비를 피하는 두 여자를 보고는 자신의 우산을 빌려주고 배에 태워 그들을 집으로 돌려보냈다.

상해, 항주, 주가각 편

　이때 백소정은 허선에게 연정을 품게 되는데, 우산을 되돌려 주는 것을 빌미로 허선을 초대한다.

　다음 날 허선은 백소정의 집을 찾아 호수가의 홍루(紅樓)로 가게 된다.

　백소정은 고맙다고 얘기하면서 은근히 그의 가족 사항을 물어 알아내고는 허선의 환심을 사고자 노력했다.

　소청의 입회 하에 천지에 예를 올리고 부부의 연을 맺은 그들은 약방을 차리고, 많은 사람의 병을 돌봐주면서 함께 행복하게 살았다.

　한편 진강(鎭江) 금산사(金山寺)의 도력 높은 법사인 승려 법해(法海)는 허선의 얼굴에 요사한 기운—보통 요괴를 아내로 맞이한 사람의 얼굴에는 요사한 기운이 도는데, 비범한 사람이라야만 그것을 볼 수 있다—이 도는 것을 보고, 백소정이 천 년 묵은 요괴인 줄 알아챈다.

송성 가무쇼: 허선과 백소정의 사랑 이야기

31. 흰 뱀의 서글픈 전설

　법해는 요괴가 사람을 해칠 것을 두려워하여 허선에게 자신의 아내가
천 년 묵은 요괴라고 경고를 하지만 허선은 믿지 않는다.

　법해는 허선에게 단오절에 웅황주(雄黃酒)를 먹이면 천 년 묵은 요괴
의 정체가 드러난다고 일러준다.

　이곳에서는 단오절에 웅황주를 마시면 사악함을 물리쳐 준다는 풍습이
있는데 웅황주는 뱀이 가장 무서워하는 것이었다.

　백소정과 소청은 허선의 책략으로 웅황주를 마시게 된다.

　허선의 아이를 잉태하고 있던 백소정의 숨겼던 정체가 드러나자 아내
의 실체를 목격한 허선은 기절해 숨을 거둔다.

　웅황주의 충격에서 깨어난 흰 뱀 백소정은 허선이 죽은 것을 보고 놀
라서 선산으로 영지를 구하러 간다.

　죽음을 각오하고 선산을 지키는 신선인 남극선옹과 격렬한 싸움을 벌
이다가, 백소정의 진심에 감복한 남극선옹은 영지초를 주면서 허선을 구
하게 한다.

　되살아난 허선은 고민에 빠지고, 법해는 그를 금산사로 데려가 금산사
의 불상 뒤에 숨겨 두었는데, 백소정은 남편을 찾으려고 소청과 함께 법
해와 싸우지만 도력이 높은 법해는 금산사를 물바다로 만들어버린다.

　출산이 임박한 백소정은 작은 스님의 도움으로 금산사를 탈출한 허선
을 단교에서 다시 만나 그의 배신을 원망하며 자신이 천 년 묵은 뱀이라
고 고백한다.

　허선은 아내의 진심을 알고서 그녀를 받아들이고, 집에 돌아와 백소정
은 아들을 낳게 된다.

　그러나 백일이 되던 날, 백소정은 마침내 법해의 계책에 말려들어 자

그마한 바리때 속에 갇히고 말았다.

법해는 바리때를 땅 속에 묻고 그 위에 짓누르는 탑을 하나 세우니 그것이 바로 뇌봉탑이다.

중국의 문호 루쉰(魯迅)은 어린 시절 이와 같은 뇌봉탑에 대한 이야기를 듣고 바리때에 갇힌 백사 낭자를 안타깝게 여겼다고 한다.

그는 잘 살던 커플을 갈라놓은 법해 선사에게는 분노를 느꼈고, 그래서 탑이 무너지기를 바랐다고 한다는 얘기가 노신의 『루쉰 전집』 1권, 「무덤」, 259~260쪽에 기록되어 있다.

그 뒷이야기로는 푸른 뱀인 소청이 그 아들과 함께 아미산에서 도술을 연마한 후, 법해를 이기고 백소정을 구출해 낸다는 이야기가 있는데, 이는 후에 덧붙인 것이다.

32. 공처가에게 효과가 있는 탑

2012.1.3 화

뇌봉탑은 명(明)나라 가정제(嘉靖帝) 때 왜구의 침략으로 불에 타서 탑신만 남게 되었는데, 사람들이 병을 치료하거나 도굴을 목적으로 벽돌을 빼가는 바람에 1924년에 완전히 붕괴되었고, 탑 밑에 갇혀 있던 흰 뱀이 다시 부활하였다고 한다.

사실은 병 치료나 도굴 목적으로 탑의 벽돌을 빼간 것이겠지만, 이 탑이 오월의 왕 전홍숙이 사랑하는 왕비 황 씨가 아들을 낳은 것을 기념하여 세운 왕비탑이었기에, 이에 결부시켜 "벽돌 빼어 집을 지으면 아들 낳는다."고 빼가는 바람에 무너져버렸다는 이야기도 전한다.

어찌되었든 이 탑이 무너져 흰 뱀이 부활하는 바람에 그 이후부터 여자가 다시 득세하게 되었다고 한다.

그래서 중국의 남자들이 들고 일어나 흰 뱀을 잡아 다시 탑 밑에 가두자고 여론을 조성하고 있다고 한다.

어찌되었든 현재의 탑은 1999년에 다시 탑을 세우기로 결정하여 기존의 무너진 탑의 잔재 위에 새로 세워 2002년에 완성된 것인데, 흰 뱀을 아직까지 탑 밑에 잡아 가두지는 못한 모양이다.

그 이유는 여자들의 득세와 관련하여 요즈음에도 뇌봉탑에 관한 요상한 소문이 떠돌기 때문이라 한다.

곧, 장사꾼들의 농간인지는 몰라도 이 탑의 모형이 공처가를 치료하는 데 쓰인다는 소문이다.

그 바람에 한때는 뇌봉탑 모형이 동이 났다고 한다.

상해, 항주, 주가각 편

뇌봉탑

그 소문에 따르면 뇌봉탑 모형 밑에 마누라 사진을 넣고 빌면 공처가
신세를 벗어날 수 있다는 것이다.

이와 관련하여 뇌봉탑 모형을 구입한 어떤 남자가 실제로 마누라 사
진을 넣고 빌다가 들켜서 혼쭐이 났다는 일화가 전해진다.

최근에는 "뇌봉탑 앞에서 사진만 찍어도 공처가 신세를 벗어날 수 있
다."는 소문이 퍼지자, 뇌봉탑 앞에는 사진을 찍으려고 줄을 서 있는 남자
들이 장사진을 치고 있다 한다.

실제로 사진을 찍으면 효과가 있는지는 모르겠으나, 이것이 서글픈 우
리의 현실이다.

33. 띄어쓰기를 잘해야 한다.

2012.1.3 화

별다른 감흥 없이 서호를 나와 진주 파는 곳과 라텍스 파는 곳을 들른다. 이건 의무 사항이다.

좋거나 싫거나 단체여행에선 빠질 수 없는 필수 코스이다.

또한 이것 때문에 현지 여행사나 진주 가게와 라텍스 가게가 먹고 산다.

그래서 그런지 여행 스케줄에도 10호 활자 굵은 글씨로 진하게 강조해 놓았다.

여행객들은 이런 걸 마다하면 안 된다. 그리고 가능한 한 성의를 보여야 한다.

우리 일행 중에서도 성의를 보이시는 분이 있다. 정말 다행이다. 부처님 같은 분들이다.

그리고 저녁 5시 발 마사지를 하러 간다.

'팁 5불 포함'이라고 스케줄에 분명히 적혀 있었는데 가이드 씨가 5불씩 내란다.

여행 경비에 팁 5불이 포함되어 있는 것 아닌가? 왜 돈을 내라 하지?

그렇지만 망설이면 안 된다.

일단 가이드 씨가 내라면 내야 한다.

여행 스케줄을 슬쩍 들춰 보니 '팁 5$ 불 포함'이라고 미처 읽지 못한 $ 표시가 적혀 있다.

그러니 불포함이 맞다.

상해, 항주, 주가각 편

그걸 잘못 읽고 팁 5불 포함이라고 생각했던 것이다.

누군가 정말 머리가 좋다.

그렇지만 우리말은 띄어쓰기를 잘 해야 한다.

'팁 5$ 불포함' 이렇게 써야 한다. 아니면, '팁 5불 포함'이렇게 쓰든가.

여하튼 국어 교육이 잘못되어 사람을 혼란에 빠트리면 안 된다.

교육부 장관에게 전화라도 해서 바로잡아야 될 일이다.

어찌되었든 발 마사지를 받고, 저녁을 먹고, 이제는 송성 가무쇼를 보러 간다.

날은 어둑한데 멀리 인공 산이 기암절벽처럼 솟아 있다.

7시에 송성에 도착한다.

송성

33. 띄어쓰기를 잘 해야 한다.

송성

칶캄한 가운데, 옛 집들이 늘어서 있고 등불이 처마 밑에 달려 거리를 밝혀주고 있다. 역시 등불이 아름답다.

송성으로 들어가는 입구에는 크게 송성(宋城)이라는 현판이 달려 있다.

송성이라, 우리 송씨 집안의 성 아닌가? 못 보던 우리 집이지만 근사해서 좋다.

들어가니 개울 위로 커다란 성이 있다.

성 위 누각들의 처마가 경쟁하듯 하늘로 쳐들려 있는 건, 이걸 지은 이들이나, 지으라고 명령한 이들의 치솟고 싶은 욕망을 그대로 보여주는 것 아닐까?

폼 잡고 싶은 것을 좋아하는 중국인들을 그대로 보는 것 같다.

우리나라의 집들 처마는 점잖게 무게가 있는데 정말 대조적이다.

상해, 항주, 주가각 편

여하튼 여기에도 등불이 없으면 아무리 조명을 해도 그 운치가 살아나지 않을 것이다.

커다란 누각 밑으로는 개울이 흐르고 있고, 개울 따라 양쪽으로는 역시 등을 달아 놓은 집들이 오목조목 들어갔다 나왔다 하면서 배치되어 있다.

주렁주렁 등들이 개울에 비치니 그것 역시 볼 만하다.

부지런히 걸어 다리를 건너니 정자가 하나 있고, 광장 너머로 송나라 때의 시가지가 재현되어 있는데, 집집마다 기념품이나 떡, 옷 따위를 파는 가게들이다.

어떤 가게 이층에서는 인형극을 하고 있고 사람들이 그것을 구경한다.

송성 가무쇼보다 이러한 민속촌이 더 볼 만하다고 생각하며 아쉬워한

송성 옛 거리

33. 띄어쓰기를 잘 해야 한다.

송성 옛 거리

다.

7시 20분 쇼가 시작되는 까닭에 극장으로 들어가야 하기 때문이다.

우리 팀엔 아이들을 데리고 온 부모들도 있어 통솔이 어려울 듯한 데에도 불구하고, 그 부모들이 가이드 말을 너무 잘 듣는다.

가이드 씨가 무섭게 생긴 것도 아니고 힘 세 보이지도 않는데, 우리 팀은 한 치의 오차 없이 가이드 씨 말에 복종한다.

이런 팀이라면 가이드 노릇도 할 만하겠다. 이의 제기 없이, 모이라면 딱 제 시간에 모이고, 들어가라면 들어가고, 나오라면 나오고. 먹으라면 먹으니 말이다.

참 착한 사람들이다.

34. 로열티를 받아야 하나?

2012.1.3일 화

아직 7시 20분이 안 되었는데, 무대에서는 맛보기로 코믹한 마술을 선보인다.

물이 가득 든 양동이를 막대 끝에 올려놓고 머리로 이동하면서 아찔 아찔, 그러다가 쏟아 붓는데, 이상하게도 물은 한 방울도 쏟아지지 않는⋯⋯.

7시 20분 이제 시작이다.

스펙터클한 무대에서 비도 내리고, 폭포도 쏟아지고, 땅 속에서 사람들이 튀어나오기도 하고, 무대 앞 쪽이 강으로 바뀌어 다리가 놓이기도 하고, 말 타고 달리기도 하고, 대포도 쏘고, 완전히 상상이 현실로 바뀐다.

송나라 때의 저자 거리도 볼 만하지만, 이건 완전히 차원이 다른 것이다.

공연이 진행되는 극장은 최대 3,000명이 관람 할 수 있는, 중국인들이 세계 3대 무대 중의 하나라고 자부하는 곳이다.

중국의 유명한 감독 장이머우[张艺谋 張藝謀 장예모])가 제작비만 무려 60억 원 들여 연출한 것으로서 무대 총 등장 인원이 450여 명이라 한다.

이 쇼에 출연하는 배우들 의상의 화려함은 물론, 그들의 기예나 춤, 그리고 움직이는 무대 장치가 참으로 대단하며, 거기에 무대의 조명도 단단히 한 몫을 한다.

무대 조명이 이렇게 중요한 줄 몰랐다.

송성 가무쇼

또한 객석 가운데로 난 길과 객석 위 천장에 달려 있는 장치들까지도 쇼에 활용된다.

객석도 무대의 한 부분이다.

객석 천정에서 등이 내려오고, 비가 뿌려진다.

입장료는 일인당 35달러라는데, 무대 앞 쪽 움직이는 객석은 물론 훨씬 더 비쌀 것이다.

이 쇼는 중국 남송시대를 재연한 세계 수준의 뮤지컬로서 서호를 배경으로 전해져 내려오는 전설과 송나라 민족 영웅의 이야기를 담고 있는 가무쇼이다.

공연은 고대 국가의 형성에서부터 송나라의 건국 과정을 그린 1막 항주의 빛, 2막 송나라 황궁의 연회, 3막 중국의 충신 악비, 4막 아리랑과

부채춤, 5막 서호의 사랑 이야기 대충 이런 식으로 구성되어 있는 것이
다.

4막의 경우에는 괜히 심사가 뒤틀린다.

우리나라의 장고춤, 부채춤과 북춤 등이 그대로 소개되고 있는 것 아
닌가! 로열티를 물지도 않고!

그것보다도 외국인들이 저걸 보면 중국 문화인 줄 알지 우리 것을 도
용한 것인 줄 알기나 알까?

송성 가무쇼를 본 외국인들이 우리나라에 와 저걸 다시 본다면, 그들
은 한국이 중국의 일부라 생각할 것이다.

동북공정의 일환일까?

기분이 몹시 언짢다.

송성 가무쇼: 우리나라 장고춤

34. 로열티를 받아야 하나?

한국을 지들의 소수민족 중 하나라고 생각하게끔 만드는 중국인들의 교묘한 술책이 깃들어져 있는 것 아닌가!

4막은 항주의 역사나 전설과는 전혀 관계가 없는 데도 불구하고, 3막과 5막 사이에 슬쩍 끼어 넣었으니…….

아무리 우리의 아리랑 부채춤 북춤이 훌륭한 것이라고 하나 여기에 끼어 넣어선 안 되는 것인디…….

그렇게 흥분하고 있을 때, 가만 생각해 보니 만주에 조선족도 있으니 항의도 못하겠다 싶다.

조선족의 문화도 자신의 문화 중 일부라고 항변하는 데야 뭐라고 하겠나!

실제 조선족들도 우리말만 하지 의식은 중국인인 것이다. 전부 그렇지야 않겠지만, 그것은 희망 사항이지 거의 대부분 그런 것이다.

우리 가이드 씨만 해도 그렇지 않은가! 중국을 자랑할 때 보면, 의기양양한 듯한 그의 표정하며, 특히 그의 이마에 있는 핏줄에 힘이 실려 있지 않던가!

비록 말소리는 자분자분하지만 말이다.

의식이 한국인이어야 하는데, 2대, 3대, 4대로 내려가면서 중국에 동화되는 것이다.

그러니 고유한 문화와 언어는 살아 있으면서, 그 문화와 전통을 그냥 고스란히 중국에 바치는 것이다.

이는 궁극적으로 한국 정부의 교민 정책이 잘못되어 있기 때문이다.

그러니 저들을 탓할 게 아니라 우리 스스로를 반성해야 한다.

그렇지만 더 유감인 것은 왜 우리는 이러한 짓을 하지 않는가이다.

상해, 항주, 주가각 편

　해운대 센텀 지역에 대규모 극장을 짓고 관광객들이 볼 수 있도록 이런 쇼를 하면 분명 돈벌이가 될 텐데 말이다.

　자연 경관만 가지고 관광객을 끌어들이는 시대는 이미 지나 간지 오래다.

　먹을거리, 볼거리, 즐길거리를 제공해 주어야 한다.

　그러자면 더 많은 호텔과, 극장과 투어 프로그램들이 필요하다.

　저번에 부산대의 황 교수 덕분에 국립국악원에 가 본 적도 있고, 진도에 갔을 때 그곳에서 공연하는 것도 본 적이 있는데, 우리 것들도 정말 볼 만한 것들이 많다.

　그렇지만 가격을 따지면 진도에서는 무료였었다고 기억되며, 부산국립국악원에서는 8,000원을 받은 것으로 기억한다.

송성 가무쇼: 꽃

34. 로열티를 받아야 하나?

내 생각에는 8만 원을 줘도 아깝지 않은 공연을 그렇게 하는 것이 우리 실정이다.

보는 이들이야 좋겠지만······.

그런데 불가사의한 것은 이상하게도 관객이 별로 많지 않다는 것이다. 여기 저기 빈자리가 많은 것이다.

홍보가 안 되었을 수도 있고, 관광회사의 관광프로그램이 빈약한 데서도 그 원인을 찾을 수도 있을 것이다.

일본이나 중국 등 세계 각지에서 온 단체 관광객들을 상시 공연하는 극장과 연계시켜 우리의 부채춤, 북춤, 각설이 타령 등등을 보여준다면--물론 이런 것 말고도 현대식으로 꾸민 국악 등 여러 가지 볼 만한 것들이 너무 많다--우리의 우수한 문화도 알리고, 외화 수입도 늘어날 터인데······.

더욱이 공연하는 사람들의 일자리도 늘어나고, 그들의 수입도 풍족해지고.

5막인가 마지막 부분에서는 뇌봉탑에 얽힌 전설을 소재로 한 것인지, 양산백과 축영대의 이야기를 소재로 한 것인지, 어찌 되었든 중국판 로미오와 줄리엣을 공연하는데, 교묘하게도 이곳에서 재배되는 용정차와 관련시켜 연출을 기막히게 한다.

무대 앞부분에 호수(서호)가 생기면서 수양버들이 배경에 비치며 흔들리고, 그 호수 가운데로 다리가 놓여지고, 두 남녀가 마치 오작교에서 견우 직녀처럼 만나는 장면, 그 뒤로 차밭이 펼쳐지고, 찻잎이 바람에 휘날리며 은근히 차 자랑을 한다.

나비가 날고, 꽃잎이 날고······. 온통 꽃밭을 표현하며 항주를 알린다.

상해, 항주, 주가각 편

송성 가무쇼: 차 선전

이를 볼 때, 과연 장사를 할 줄 아는 중국인들이다 싶다.

날리는 찻잎을 보면 차를 사고 싶은 마음이 절로 생긴다.

그렇지만 이는 욕할 일이 아니다. 우리가 배워야 할 일이다.

8시 30분 채 안되어 극장을 나와 민속촌 저자 거리를 한 바퀴 휭 둘러본다.

벌써 파시 상태다.

좀 더 일찍 왔으면 좋았을 걸······.

8시 30분 출발 시간에 어김없이 우리 일행은 다 모인다.

정말 훌륭한 관광객들이다.

9시 10분 호텔에 도착한다.

35. 마 모씨네 정원 구경

2012.1.4 수

아침은 역시 호텔 뷔페인데 먹을 만한 것이 없다.

만두가 여러 종류인데, 어떤 것은 냄새가 나서 못 먹겠고, 어떤 것은 안에 당면을 넣어 우리가 먹던 거 비슷해서 먹을 만하다.

그렇지만 겉만 보아서는 알 수가 없으니 버리는 것이 수두룩하다.

화서 호텔에서 7시 25분에 출발한다.

주가각(朱家角)으로 가는데 역시 3시간 여정이다.

주가각은 상해에서 가장 오래된 수향(水鄕)이다.

내륙에서 상해로 들어가려면 배를 타고 이곳을 거쳐야하기 때문에 예

주가각: 마씨네 집 앞

상해, 항주, 주가각 편

부터 이곳에 도시가 발달하였다 한다.

송원(宋元) 시대부터 유명한 마을로 각리(角里)라고도 불렸는데, 주 모씨가 과거에 급제한 후 이곳에 살면서 주가각으로 바뀌었다고 한다.

지금은 '상하이의 베니스'라고 부른다는데, 1991년에 국무원에 의해 '중국 문화 명도시'라는 칭호를 얻었다고 한다.

더더욱 한국 사람들에게 유명한 것은 '카인과 아벨'이라는 영화를 찍은 곳으로 알려져 있다.

주가각에 들어서서 제일 먼저 찾은 곳은 과식원(課植園)이라는 정원이다. 과

명 태조 부인인 마 황후의 후예 마 모씨가 살던 곳이라는데…….

문을 들어서니 응접실이다. 응접실엔 양쪽으로 의자와 탁자가 놓여 있는데, 동쪽에 주인 앉고 서쪽에 객이 앉는다.

벽은 나무 판에 돌을새김을 해 놓았는데, 사슴과 나무 두루미 따위가 정교하게 새겨져 있다.

마씨네 바둑판

다른 방에는 탁자 위에 19개의 씨줄과 날줄을 새겨 놓은 바둑판이 있다.

마 모씨가 손님이 오면 여기에서 바둑을 두었으리라.

마 씨네 집 복도

정원으로 나가는 길엔 가느다란 복도가 벽을 사이에 두고 양쪽으로 길게 나 있다.

한쪽은 남자가 다니는 복도이고 다른 한쪽은 여자만 다니는 복도라 한다.

정원엔 거대한 태호석이 말의 형태를 띠고 놓여 있다.

이 집 주인이 마 씨라서 이 말의 형태를 띤 태호석을 가져다 놓았나?

여하튼 이 말의 코를 만지며 소원을 빌면 소원이 이루어진다고 한다.

모두 말코를 한 번씩 만진다.

말 코끝이 까맣게 반질반질하다.

정원 이곳저곳에는 이 말 모양 말고도 기암괴석을 표방하는 거대한 태호석들이 놓여 있다.

마 씨네 집 미래불

태호석은 태호에서 나는 돌인데, 물살에 울퉁불퉁 하게 깎인 것이 전부 기암들이다.

당시의 호사가들이 앞 다투어 자기 집 정원으로 옮긴 것인데, 이 마 모씨도 그런 부류의 사람들 중 한 사람이다.

복도 옆에는 나무로 깎아 만든 부처님이 왼 손엔 은병(銀甁 은으로 만든 화폐)을 오른 손엔 무엇인가 나도 잘 모르는 것을 들고 앉아서 툭 튀어나온 배를 내놓고 웃으며 앉아 있다.

미래불은 뚱뚱하다.

무엇이든 잘 먹어서 그렇단다.

사람들의 근심 걱정까지 다 자신이 먹어치워 근심 걱정을 없애주는 것이 미래불이 세운 서원이라고 하는데 정말인지는 모르겠다.

그곳을 지나면 태호석 뒤로 백복정(百蝠亭)이라는 정자가 하나 있다.

백복정이면 박쥐가 백 마리 사는 정자라는 뜻일 텐데…….

박쥐 복(蝠)자는 복 복(福)자와 그 음이 같아 백가지 복을 받을 수 있는 곳이라는 뜻이 있다고 한다.

그러면 왜 복 복자를 안 쓰고 박쥐 복 자를 썼을까? 좀 더 유식해 보이기 위해서 그랬는지, 아니면 이 정자엔 박쥐가 많아서 그랬는지 가이드 씨에게 물어보아도 잘 모른다.

남새밭엔 이것저것 약초들을 심어 놓았고, 깃발 비슷한 빨래 건조기 비슷한 것도 있고, 그 앞에는 커다란 물소 한 마리가 커다란 돌로 조각되어 있다.

또 나무로 깎아 만든 물고기들을 걸어 놓은 곳도 있다.

왜 그런지는 마 모씨를 만나봐야 하는데, 그는 간 지 오래고…….

여하튼 개울도 있고 한껏 멋을 부리며 9번 꺾어진 돌다리도 있고, 거꾸로 네 귀퉁이에 매달린 누런 색깔의 사자들로 된 도사정(倒獅停)이란 정자도 있다.

저 사자들은 왜 거꾸로 매달려 있는지, 분명 사연이 있을 터인데…….

아마도 내 짐작으로는 백복정과 관련이 있을

도사정: 마 씨네 집 사자

상해, 항주, 주가각 편

176

마 씨네 별채

듯싶다.

백 마리 박쥐들이 백복정에 거꾸로 매달려 있는 것을 본 사자들이 그 흉내를 낸 것은 아닐까?

이 이외에도 5층으로 된 돌로 지은 누각도 있고, 친구와 담소를 나누는 방도 있고, 책을 모아 놓은 장서루도 있다.

장서루엔 우리 일행 중 아무도 안 올라가고 뛰어 넘는다.

무슨 갈 길이 바쁘다고…….

관광은 보는 것이다.

주내를 재촉하여 부지런히 올라 가보니 난초, 대 등 그림들이 벽면에 붙어 있고, 또 다른 방에는 세 발 달린 향로, 태극무늬의 주전자 등 고물들이 진열되어 있다.

이외에도 아기자기하게 꾸며놓은 별채도 있고 아기자기하게 꾸며 놓은 집인 것은 틀림없다.

여하튼 그런대로 산다 하는 사람들이 가꾸어 놓은 정원이긴 하지만 별 감흥은 없다.

36. 저 물로 차를 끓인다고?

2012.1.4 수

밖으로 나와 조각배를 탄다.

사공이 노를 젓는데, 오래 타며 유흥을 즐기는 것은 아니고, 그저 10분 정도 타 보는 것이다.

주가각의 옛 저택과 운하를 가로지르는 30여 개의 돌다리는 그 자체로도 한 폭의 그림이다.

배를 타고 운하와 다리 사이를 여행하는 재미는 주가각 여행의 으뜸이라 할 수 있다는데, 물은 지저분한 x물이고, 심하진 않으나 하수구 냄새가 조금 난다.

그럴 수밖에 없는 것이 이 동네의 온갖 오물과 생활하수가 다 이곳으로 나오는 까닭이다.

냄새만 안 나고 물만 맑으면 참 운치가 있을 텐데……

배에서 내려 다리를 지나 마주치는 것이 성황묘이다.

입장은 아마도 돈을 내야 하는 모양이다.

가이드 씨는 성황묘 앞에서 죽

주가각: 조각배

상해, 항주, 주가각 편

이어지는 길을 따라 가라 지시한다.

길거리 풍경을 이리저리 둘러보며 청나라 때 우체국으로 간다.

이 우체국은 청나라 시대에 설립된, 화동 지역에 유일하게 잘 보전된 골동품 우체국이다.

우체국 안에는 지금도 일을 보는 사람이 있긴 있는데, 편지를 받는 것이 아니라 입장료를 받아 챙기고 있다.

옆에는 밀랍인지 뭔지 실제 사람 크기의 인형이 우체국 일을 보고 있고.

가이드 씨의 말대로 이층으로 계단을 올라가 이층의 방에 진열되어 있는 청나라 우체부 옷, 편지 따위의 유물을 훑어보며 다시 내려온다.

이층 복도 벽에는 이곳을 지난 관광객들의 메모가 꽂혀 있어 이 우체

주가각: 조각배

36. 저 물로 차를 끓인다고?

국이 아직도 새로 오는 사람
들에게 소식을 전해주기는 한
다.

역시 우체국은 우체국이다.

길거리 풍경은 어딜 가나
나그네에겐 낯설다.

그래서 관광이다.

따뜻한 볕 아래에서 의자
에 기대어 햇볕을 쬐는 노인,
처마 밑에 주렁주렁 달아 놓
은 옥수수, 옛날 70년대에 보
던 전축의 노랫소리가 흘러나

청나라 우체국

오는 허름한 다방--그래도 이름은 카페이다--, 옛날에 땔감으로 쓰던 구
공탄, 아니 구멍을 세보니 12공탄, 손님을 끌기 위해 내 놓은 메뉴판의
음식 그림과 가격들 그런 것들이 우리의 눈길을 끈다.

길거리에 붙어있는 그림과 가격을 보고 추정해낸 결과, 백수어라는 물
고기를 쪄서 양념을 뿌린 것 한 근에 25위안(우리 돈 5,000원), 새우 한
접시에 25위안(1,000원), 우렁 한 접시에 5위안(1,000원) 등이다.

그림에는 없지만, 이곳에서 유명한 요리는 돼지족과 두꺼비 요리란다.

시간이 있으면 한 번쯤 들려 커피도 마시고, 두꺼비 요리도 맛보고 그
래야겠지만, 우린 갈 길이 바쁜 사람들이다.

나중에야 들었지만, 저 x물로 음식도 하고, 또 차도 끓인다는데 그래
도 맛을 보고 싶었을까?

상해, 항주, 주가각 편

재즈 카페

사람은 그래서 먹기 전에 나쁜 말은 듣지 말아야 한다.

다시 되돌아 나와 다리를 건너니, 이제 가이드 씨가 20분의 시간을 준다.

이 골목 저 골목 모두 가게들이니 구경을 하라고. 그리고 방생교 앞에 20분 후에 모이라는 명령과 함께.

이 골목 저 골목 그냥 구경을 한다.

별의별 가게들이 다 있다. 장난감, 액세서리, 기념품 가게부터 음식점은 물론이고, 손바닥보다도 작은 살아 있는 자라, 게 등을 파는 가게도 있고, 비단 솜을 파는 곳도 있고 없는 것 빼 놓고 다 있다.

이것저것 구경하다 방생교에 오니 정확하다.

우리 팀들이 다 모여 있다.

정말 착한 사람들이다.

가이드 씨는 그냥 놀고먹는 거 같다.

나도 가이드 하고 싶다.

이런 사람들만 있으면 가이드도 어려운 것이 아니다.

37. 방생을 기다리는 입장

2012.1.4 수

방생교는 다리를 건설한 성조 스님이 다리 아래에서는 방생만 하고 자라를 잡아서는 안 된다고 하여 이와 같은 이름을 얻었다.

명나라 때, 그러니까 1571년에 만든 70m의 아치형 다리이다.

당시에는 강남에서 제일 크고 유명한 돌다리였다고 한다.

그런대로 매우 운치가 있는 다리이다.

다리 주변에는 방생을 기다리는 고기들과 자라들, 그리고 그것들을 파는 아줌마와 할머니들이 옹기종기 모여 있다.

사람들은 방생하기 위해서 고기를 잡는다.

그리고 그 고기를 가지고 선행을 한다.

방생교

상해, 항주, 주가각 편

함지박에 담긴 자라들

　고기들 입장에서는 '우리가 뭐 니네들 장난감인가?' 그러면서도 어쩔 수 없이 방생을 기다리는 입장이 될 뿐이다.

　우리 국민들 입장도 다를 바 없다.

　사회적 강자들에게 힘없는 사람들은 그저 방생을 기다리는 고기일 뿐이다.

　생색을 내기 위해서 정치인들은 힘없는 사람들을 더욱 더 그렇게 만들어버리고는 선거철만 되면 생색을 내기 바쁘다.

　당선되면 그 다음부터는 모른 채 할 뿐이다.

　국민들은 그저 그들의 노리개 노릇을 하며, 그들의 처분을 기다릴 뿐이다.

　사장이 직원들을 다스리는 것도 똑같은 원리이다.

평상시에 월급을 조금만 주어야 어쩌다 주는 보너스가 사장님의 선행이 된다.

그렇지만 힘이 없으니 그저 함지박에 담긴 자라 신세이다.

방생교 위에서 내려다보는 주가각의 집들과 거리, 배 등은 한 폭의 그림이다.

사람들이 일부러 그렇게 만든 것은 아니지만, 자연히 그렇게 되는 것이다.

그래서 자연은 아름다운 것이다.

이제 가이드 씨의 명령대로 버스를 타러 가야 한다.

가는 길에 사과를 파는 노점상도 있고, 밤을 파는 노점상도 있고, 딸기를 파는 사람도 있고, 닭 세 마리를 들고 나와 쭈그리고 앉아 있는 할

방생교에서 본 주가각

상해, 항주, 주가각 편

주각각의 저자 거리

머니도 있다.

주내가 딸기를 산다.

걸인 한 사람이 계속 따라다니며 구걸을 한다.

주내가 중국 돈 5위안(우리 돈 1,000원)을 준다.

그걸 보고 가이드 씨 말씀인즉, 거지들의 월수입이 저기 있는 노점상보다 훨씬 많다고 한다.

특히 애를 안고 동냥을 하는 거지들의 경우, 거의 대부분 그 애는 렌트한 애라고 한다.

애를 빌려 앵벌이 시키고, 렌트비를 주고도 월 200만 원 수입이 된다며 눈살을 찌푸린다.

속으로는 어쩌면 그 거지들을 매우 부러워할지도 모른다.

다시 버스를 타고 상해 음식점으로 간다.

메뉴는 김치찌개이다.

이곳 시간으로 12시 45분이다.

음식점 들어가기 전에 밤 파는 아저씨가 밤을 먹어보라고 준다.

이를 받아먹고 그냥 지나칠 주내가 아니다. 결국 밤을 5,000원어치 샀다.

한국 돈도 잘 받는다.

이름 모를 술과 함께 김치찌개를 먹는다.

이제 밥을 먹었으니 실크와 차를 사 줘야 한다.

1시 40분 실크 파는 곳을 들린다.

그리고는 동인당에 가서 진맥을 받는다.

주가각 나룻배

상해, 항주, 주가각 편

주가각의 노점

공짜로 진맥을 받을 땐 판단을 잘해야 한다.

잘못하면 중병에 걸릴 수 있기 때문이다.

그러면 돈이 많이 든다.

내 차례가 왔을 때 OOO 박사라는 분이 손목을 지긋이 잡더니 은근히 심장도 약하고, 혈압도 높고, 오줌도 찔끔찔끔하고, 건망증도 있지 않느냐고 묻는데 절대 아니라고 대답하자, "건강합니다."라고 진단을 내린다.

그런데 나이든 사람에게 대개 그렇게 물어보면 정말 그런 증상이 있는 듯 착각하게 된다.

그러면 중병에 걸리는 것이다.

그리고 거금을 주고 약을 사야 한다.

젊은 의사인 듯한 사람이 와서 어깨를 주무른다.

일단은 시원하다.

그렇지만 공짜는 아니다. 얼마인지 기억은 나지 않으나 그 수고한 대가로 돈을 지불해야 했다.

그 다음 그 옆 건물, 차 파는 곳으로 간다.

차를 한 잔씩 시음하게 해주며, 좋은 차 나쁜 차 구분하는 법 등을 가르쳐주며, 어디에 얼마나 좋은지를 선전한다.

결국 우리 팀원 중 한 부부가 보이차를 산다.

다행이다.

그렇게 해야 현지 여행사도 차 파는 사람도 먹고 살지 않겠는가!

38. 진짜 옵션! 동방명주

2012.1.4 수

가이드 씨의 체면을 세워주고, 우리는 다시 버스에 오른다.

버스에 오르니 필수 옵션이 아니라 그냥 옵션이라며, 동방명주 구경을 하는 게 어떠냐고 가이드 씨가 제안을 한다.

동방명주 30불 옵션. 이건 진짜 옵션이다.

그렇지만 감히 어찌 그 제안을 거절할 것인가?

가이드 씨에게 감사의 마음을 가지고 흔쾌히 응한다. 그래서 우리 부부도 60달러를 냈다.

4시, 동방명주 건물 앞에 섰다.

동방명주는 '동방의 빛나는 진주'라는 뜻의 건물로서 중국 상해 푸동에 세운 방송관제탑으로 468m이며, 중국 경제개혁의 대명사라 할 수 있다.

1991년 7월 30일에 착공하여 1994년 10월 1일에 완공되었다.

3개의 원형 공[球 귀 모양의 전망대가 있으며, 그 사이에 작은 구체들이 끼어 있어 모두 11개의 구체들로 이루어져 있다.

이는 아시아에서 제일 높은 건물이자, 세계에서 3번째로 높은 건물이었으나, 2007년 10월 14일, 101층의 상하이 세계금융센터가 492m로 올라감에 따라 지금은 아시아에서 두 번째 높은 건물이자 세계에서 네 번째 높은 건물이 되었다.

참고로 88층의 진마오 빌딩(金茂大厦)이 420.5m로 그 다음이다.

역시 상해는 목 빠지는 관광이다.

동방명주

상해, 항주, 주가각 편

동방명주 앞에 내리니 주변의 건물들이 실로 볼 만하다.

상하이 세계금융센터, 진마오 빌딩 이외에도 연꽃 빌딩, 비행접시 빌딩, 더듬이 빌딩, 연필 빌딩, 병따개 빌딩 등 각양각색의 볼만한 건물들이 참으로 많다.

그러니 세계적인 건축가로 인정받으려면 상해에 자기 작품 하나 정도는 출품해야 한다.

그렇지만 그게 어디 쉬운 일인가!

상해의 건물들은 중국 정부에서 디자인을 보고 창의적이고 아름답지 않으면 허가를 안 해준다고 한다.

군이 동방명주에 안 들어가고 그 주변 건물들만 돌아다녀도 한두 시간은 보낼 수 있을 것이다.

상해의 빌딩들

동방명주의 내부 엘리베이터 앞

정말로 창의적이고, 아름다운 건물들이 뉴욕을 저리 가라 할 정도로 개성을 내뿜으며 우리를 굽어본다.

동방명주 건물도 그런대로 근사하다.

가이드 씨가 끊어온 표를 들고 건물 안으로 들어선다.

가운데에 고속 엘리베이터가 있고, 그 주변엔 등이 주렁주렁 매달려 있다.

역시 등들이 조명과 함께 인테리어의 일익을 담당한다.

붉은색과 화려한 것을 좋아하는 중국인들의 취향을 알 수 있다.

전망대는 263m와 350m에 각각 원구체로 되어 있는데, 350m 전망대는 귀빈실이 따로 있고, 회전형이어서 상해의 야경을 감상하기에 좋다고 하며, 일반 관광객들은 보통 263m 전망대를 이용한다고 한다.

상해, 항주, 주가각 편

1초에 7m씩 올라간다는 엘리베이터를 타고 일단 263m 높이의 전망대로 올라간다.

엘리베이터는 고속이다. 순식간에 263m이다.

밖으로 나오니 전망할 수 있는 창들이 밖으로 쳐져 있다.

상해의 빌딩을 배경으로 지는 해를 찍는다. 제대로 나오려는지 모르겠다. 밖이 뿌연 탓이다.

그래도 빙 돌아가며 다른 건물들도 찍는다.

이 전망대는 2층으로 되어 있는데, 이제 아래층으로 내려간다.

내려가며 나가는 문을 얼핏 보니 259m이다.

이곳은 위층보다는 좁지만, 밖을 내다보는 전망창 외에도 밑을 볼 수 있도록 바닥이 유리로 되어 있다.

상해의 일몰: 더듬이 빌딩도 보인다.

상해의 건물들

바닥을 내려다볼 수 있는 유리 위에서 사람들이 벌벌 떨고 있다.

죽 한 바퀴 돌며 상해의 건물들을 다시 한 번 사진기에 채워 넣는다.

다른 한 쪽으로 나가니 이곳은 유리 보호막 대신 철망으로 바깥이 둘러져 있는데 그 틈으로 사진을 찍을 수 있다.

이제 건물들이 불을 밝히기 시작한다.

어둠 속에 들어나는 빌딩들의 모습은 또 다른 맛이다.

이 가운데 세계에서 세 번째로 높다는 상하이 세계금융센터[上海环球金融中心 상해배구금융중심]와 네 번째로 높다는 진마오 빌딩이 찍힌다.

상하이 세계금융센터 빌딩은 세계에서 1997년 건설 예정이었으나 아시아의 금융 위기로 인해 중단되었다가 이후 설계가 다소 변경되어 재개되었다.

상해, 항주, 주가각 편

상하이 세계금융센터 건물과 진마오 빌딩(가운데)

곧, 최상부는 설계 당시 원형이었으나, 일장기를 연상케 한다는 중국인들의 반발로 네모꼴로 수정되었다.

한 마디로 마치 맥주병 병따개처럼 생겼다.

참고로 2009년 두바이에서 완공된 810m의 부르즈 할리파가 세계 제일 높은 건물이고, 타이완의 타이베이 국제금융센터가 509m로 두 번째 높은 건물이고, 이들에 이어 세계에서 세 번째로 높은 빌딩이 되었다.

그러나 2013년 12월 541.3m 높이의 뉴욕 프리덤 타워가 완공되면 세계 네 번째로 밀려날 예정이다.

그리고 1층으로 내려가 밀랍인형전시관으로 들어간다.

흔히들 방대한 규모의 밀랍인형과 미니어처들이 상해 근대사를 보여주고 있어 '상해 역사박물관', '밀랍인형 박물관'으로 부른다고 한다.

밀랍 인형 박물관: 외탄

야경: 황포강 유람

상해, 항주, 주가각 편

　　전망대 층의 표를 끊으면 공짜이지만, 그렇지 않으면 돈을 내야 한다.

　　옛날 자동차, 전차, 옛 상해의 거리 풍경, 약재상, 배, 열강의 침략을 받아 내준 외탄의 서구식 건물들, 서구식 바, 중국 고유의 술집 풍경, 서양식 댄스 파티, 송경령(宋慶齡 쑹칭링: 손문(孫文 쑨원)의 부인이며 중국의 정치가. 장개석의 부인인 송미령(宋美齡 쑹메이링)의 언니) 등 유명 인사들의 집 따위를 보고 나온다.

39. 상해 야경

2012.1.4 수

밖으로 나오니 이제 밤이다.

동방명주의 조명 받은 사진을 찍고, 주변 건물들을 다시 찍는다.

높은 곳에서 찍는 것과 낮은 곳에서 찍는 것은 그 맛이 다르다.

나오는 거야 하느님 마음이고, 찍는 건 내 마음이다.

상해의 야경은 어느 대도시 부럽지 않다.

조명은 밤 10시까지 시에서 부담해준다.

그래서 관광객들을 끌어들인다.

특히 동방 명주와 외탄 지역의 야경은 끝내준다.

야경: 외탄 지역

상해, 항주, 주가각 편

야경: 외탄 지역

6시 30분 저녁을 먹는다.

그리고 7시 황포강 부두에서 유람선에 몸을 싣는다.

부두에서 보이는 강 이쪽저쪽 풍경은 화려하기만 하다.

유람선을 타고 상해 외탄지구의 멋진 풍경을 감상한다.

외탄 지구는 중국 근대화 시기에 서양 열강들의 조계지로, 각국의 고풍스러운 서양식 건물이 늘어서 있어 중국과는 다른 이국적인 분위기를 맛볼 수 있는 곳이다.

그렇지만 그 맞은 편, 상하이 금융센터, 동방명주 등 새로 지어놓은 마천루들이 내뿜는 불빛 또한 더더욱 볼 만하다.

황포강 배타고 유람하는데, 40분 동안 야경 사진을 찍느라고 정신이 없다.

39. 상해 야경

야경: 동방명주

상해, 항주, 주가각 편

야경: 푸동 지역

야경: 외탄 지역

39. 상해 야경

이런 점에서 황포강 유람선은 옵션 필수라고 할 만하다.

나중에 사진을 빼보니 밤에 찍은 사진이라 큰 기대를 안 했으나, 너무 잘 나왔다.

동방명주를 처음 볼 때에는 썩 아름다운 건물이라고 생각하지는 아니 했는데, 야경에 나타난 동방명주는 괜찮은 건물이다.

생각했던 것처럼 땅딸하지도 않고, 오히려 날씬하다.

그 뒤로 보이는, 제일 높다는 네모 구멍난 상하이 세계금융센터 건물이나 그 앞의 진마오 빌딩은 동방명주가 내뿜는 찬란한 빛에 가려 낮에 본 것만큼 멋있지 않다.

9시 배에서 내려 호텔로 간다.

이제 이 여행도 끝이다.

40. 중국은 더 이상 공산국가가 아니다.

2012.1.4 수

중국에서는 주은래 이후 죽으면 화장을 한다.

이 때 대부분 곡하는 사람을 고용한다.

잘 울어야 장사를 잘 지내는 것이라고 굳게 믿고 있기 때문이다.

한편 문상 온 사람들은 퍼질러 먹고, 그 집에서 쓰던 그릇을 가져가는 풍습이 있다고 한다.

아마도 먹고 살기 어려운 시대의 유습이리라.

장례를 통해 못사는 이웃에게 그릇도 주고, 먹을 것도 베푸는. 그렇지만 이러한 미풍도 자본주의가 들어옴에 따라 점차 사라질 것이다.

야경: 푸동 지역

황포강 유람

버스에 눈꽃 모양이 새겨진 것은 에어컨이 나오는 버스인데, 버스 요금은 2위안(우리 돈 360원)이란다.

그냥 버스는 1위안(우리 돈 180원)이다.

그런데 1위안짜리 버스는 한 겨울인데도 거의 보이지 않는다.

참고로 음주 운전은 80만 위안 벌금에 6개월 징역이라고 한다.

중국은 더 이상 공산국가가 아니다.

공산(共產)이란 말 그대로 재산을 공유하는 것일진대, 그런 의미로 볼 때, 사유재산을 인정하는 한 더 이상 공산국가는 아닌 것이다.

더욱이 빈부격차가 이렇게 큰 데야!

제일 비싼 아파트는 월세 6천 불이고, 자동차 번호판 중 8888 번은 이억 오천만 위안에 경매되는 나라가 어찌 공산국가란 말인가!

저 네모 구멍 난 건물 앞에 있다는 제일 비싼 아파트는 총 평수가 300평이고, 평당 일억이니 300억 위안 나간다는데, 이것이 어찌 공산국가에서 가능한 일이란 말인가!

뉴욕이나 서울이 부럽지 않을 저 번쩍이는 상해의 야경을 본다면, 더

상해, 항주, 주가각 편

이상 공산국가란 말은 나오지 않을 것이다.

단지 토지 등 부동산이 국유화되어 있고, 공산당이 독점 권력을 행사하는 일당독재국가인 것이다.

그렇지만, 정치체제가 일당 독재 체제이기 때문에 효율성은 있을 것이다.

국민을 위해 필요한 정책을 밀고 나가는 힘은 다른 어느 나라보다 시간적으로나 비용적으로 절감될 수도 있을 것이다.

그러한 결정이 합리적으로 사심 없이 이루어지기만 한다면.

그러니 될 수만 있다면 일당 독재국가인 중국의 통치자가 되는 것은 정말 보람 있고 재미있을 것 같다.

이 넓은 나라, 이 많은 인구를 독재자의 말 한마디로 움직일 수 있는 나라이니 말이다.

40. 중국은 더 이상 공산국가가 아니다.

41. 조국으로

2012.1.5 목

8시 35분 호텔 출발 공항으로. 출근 시간이라 상해 시내는 어제보다 붐비기는 한다.

그래서 외제차는 아침 9시까지, 그리고 오후 16시에서 18시까지 고가도로 통행금지가 실시된다.

이를 위반하면 벌금이 엄청 높다고 한다.

외제차를 소유한 사람들은 돈이 많은 사람들이어서 벌금을 내면서도 올라갈 수 있기 때문이다.

외제차에 세금을 무한정 올릴 수 없는 것이니 이렇게 하여 걷는 벌금이 어쩌면 소득재분배에 더 효과적일지도 모른다.

또한 상해 차 번호판이 3만 위안(우리 돈 480만 원) 정도에 팔린다고 한다.

출퇴근 시간의 고가도로엔 상해 차만 다닐 수 있기 때문이다.

공항에 가기 전에 조선족이 하는 잡화점에 들린다.

연변에서 난 참깨가 우리나라 참깨처럼 좋다고 한다.

남쪽에서 나는 참깨는 기름도 많이 안 나고 맛이 없다며, 이곳에서는 연변 참깨만 판다고 하는데 그 가격이 썩 싼 것은 아닌 듯하다.

이제 설도 오는 데 참기름도 필요할 거고, 참깨 5kg짜리를 가져가면 참기름이 소주병으로 8병 나온다고 적극 주장한다.

이에 동조하여 주내가 성의를 보인다.

덕분에 내 카드만 긁혔다. 나는 짐꾼이 되고!

상해, 항주, 주가각 편

야경: 쌍둥이 건물

41. 조국으로

상해 푸동 공항

이곳 남쪽에서 나는 물소는 맛이 없다고 한다.

그래서 쇠고기는 몽고나 하북 지방에서 가져온다 한다. 참깨도 그러하더니, 쇠고기조차도 그러하다. 아마도 토질 탓일 것이다.

그런 점에서 우리나라는 정말 복 받은 나라이다.

아니 우리나라 사람들이 복 받은 사람들이다.

세상을 돌아다녀보니, 내가 좋아하는 조개도 우리나라 조개가 최고다. 비린내 없이 보드랍고 씹을수록 달고 맛있다.

옛날 샌프란시스코에서 맛본 조개는 비싸기만 하고 질기고 비린내만 나고 얼마나 후회했는지 모른다.

인삼은 말할 것도 없고, 은행잎도 우리나라 것이 훨씬 효과가 좋다고 한다. 가시오가피도 마찬가지고.

상해, 항주, 주가각 편

이건 나의 쇼비니즘적 사고 때문이 아니고, 객관적인 사실을 바탕으로 주장하는 것이라는 것을 알아주었으면 싶다.

지금 나는 복 받은 나라로 돌아간다.

〈상해, 항주, 주가각 끝〉

책 소개: 〈중국 여행기 2: 신선이 사는 곳〉

〈중국 여행기 1: 크다고 기 죽어?〉에서는 북경, 장가계, 상해, 항주, 주가각 등을 여행하고 느낀 것을 써 놓은 것이라면, 여기에서 소개하는 〈중국 여행기 2: 신선이 사는 곳〉은 그 후속편으로서 중국의 계림, 양삭, 서안, 화산, 황산, 항주를 여행하고 써 놓은 것이다.

차례

계림, 양삭, 이프 (2013. 1.14~1.19)

서안, 병마용, 화산(2017. 4.26~4.30)

황산, 항주(2017. 8-27~8.31)

책 소개

* 여기 소개하는 책들은 **주문형 도서(pod: publish on demand)**이
므로 시중 서점에는 없습니다. 교보문고나 부크크에 인터넷으로 주문하
시면 4-5일 걸려 배송됩니다.

http//www.kyobobook.co.kr/ 참조.

http://www.bookk.co.kr/ 참조.

여행기(칼라판)

〈일본 여행기 1: 대마도 규슈〉 별 거 없다데스! 부크크. 2020. 국판
칼라 202쪽. 14,600원 / 전자책 2,000원.

〈일본 여행기 2: 고베 교토 나라 오사카〉 별 거 있다데스! 부크크.
2020. 국판 칼라 180쪽 / 전자책 2,000원.

〈타이완 일주기 1: 타이베이 타이중 아리산 타이난 가오슝〉 자연이 만든
보물 1. 부크크. 2020. 국판 칼라 208쪽. 14,900원 / 전자책 2,000원.

〈타이완 일주기 2: 헝춘 컨딩 타이동 화렌 지룽 타이베이〉 자연이 만든 보
물 2. 부크크. 2020. 국판 칼라 166쪽. 13,200원 / 전자책 1,500원.

〈중국 여행기 1: 북경, 장가계, 상해, 항주〉 크다고 기죽어? 부크크. 2023. 국판 칼라 230쪽. 16,000원 / 전자책 2,000원.

〈중국 여행기 2: 계림, 서안, 화산, 황산, 항주〉 신선이 살던 곳. 부크크. 2023. 국판 칼라 308쪽. 25,700원 / 전자책 2,000원.

〈태국 여행기: 푸켓, 치앙마이, 치앙라이〉 깨달음은 상투의 길이에 비례한다. 부크크. 2023. 국판 칼라 232쪽. 16,100원 / 전자책 2,000원.

〈동남아시아 여행기: 태국 말레이시아〉 우좌! 우좌! 부크크. 2019. 국판 칼라 234쪽. 16,200원 / 전자책 2,000원.

〈동남아 여행기 1: 미얀마〉 벗으라면 벗겠어요. 부크크. 2023. 국판 칼라 320쪽. 26,900원 / 전자책 2,000원.

〈동남아 여행기 2: 태국〉 이러다 성불하겠다. 부크크. 2023. 국판 칼라 228쪽. 15,900원 / 전자책 2,000원.

〈동남아 여행기 3: 라오스, 싱가포르, 조호바루〉 도가니와 족발. 부크크. 2023. 국판 칼라 쪽. 262쪽. 19,200원 / 전자책 2,000원.

〈동남아 여행기 4: 베트남, 캄보디아〉 세상에 이런 곳이!: 하롱베이와 앙코르 와트. 부크크. 2023. 국판 칼라 338쪽. 28,700원 / 전자책 3,000원

〈인도네시아 기행〉 신(神)들의 나라. 부크크. 2023. 국판 칼라 134쪽.
12,100원 / 전자책 2,000원.

〈중앙아시아 여행기 1: 카자흐스탄, 키르기스스탄〉 천산이 품은 그림 1.
부크크. 2020. 국판 칼라 182쪽. 13,800원 / 전자책 2,000원.

〈중앙아시아 여행기 2: 카자흐스탄, 키르기스스탄〉 천산이 품은 그림 2.
부크크. 2020. 국판 칼라 180쪽. 13,700원 / 전자책 2,000원.

〈조지아, 아르메니아 여행기 1〉 코카사스의 보물을 찾아 1. 부크크. 2020.
국판 칼라 쪽. 184쪽. 13,900원 / 전자책 2,000원.

〈조지아, 아르메니아 여행기 2〉 코카사스의 보물을 찾아 2. 부크크. 2020.
국판 칼라 쪽. 182쪽. 13,800원 / 전자책 2,000원.

〈조지아, 아르메니아 여행기 3〉 코카사스의 보물을 찾아 3. 부크크. 2020.
국판 칼라 쪽. 192쪽. 14,200원 / 전자책 2,000원.

〈터키 여행기 1: 이스탄불 편〉 허망을 일깨우고. 부크크. 2021. 국판 칼
라 쪽. 250쪽. 17,000원 / 전자책 2,500원.

〈터키 여행기 2: 아나톨리아 반도〉 잊혀버린 세월을 찾아서. 부크크. 2021.
국판 칼라 286쪽. 22,800원 / 전자책 2,500원.

〈시리아 요르단 이집트 기행〉 사막을 경험하면 낙타 코가 된다. 부크크.
2021. 국판 칼라 290쪽. 23,400원 / 전자책 2,500원.

〈마다가스카르 여행기〉 왜 거꾸로 서 있니? 부크크. 2019. 국판 칼라
276쪽. 21,300원 / 전자책 2,500원.

〈러시아 여행기 1부: 아시아〉 시베리아를 횡단하며. 부크크. 2019. 국
판 칼라 296쪽. 24,300원 / 전자책 2,500원.

〈러시아 여행기 2부: 모스크바 / 쌩 빼쩨르부르그〉 문화와 예술의 향기.
부크크. 2019. 국판 칼라 264쪽. 19,500원 / 전자책 2,500원.

〈러시아 여행기 3부: 모스크바 / 모스크바 근교〉 동화 속의 아름다움을 꿈
꾸며. 부크크. 2019. 국판 칼라 276쪽. 21.300원 / 전자책 2,500원.

〈유럽여행기 1: 서부 유럽 편〉 몇 개국 도셨어요? 부크크. 2020. 국판 칼
라 280쪽. 21,900원 / 전자책 3,000원

〈유럽여행기 2: 북부 유럽 편〉 지나가는 것은 무엇이든 추억이 되는 거야.
부크크. 2020. 국판 칼라 280쪽. 21,900원 / 전자책 3,000원.

〈북유럽 여행기: 스웨덴-노르웨이〉 세계에서 제일 아름다운 곳. 부크크.
2019. 국판 칼라 256쪽. 18,300원 / 전자책 2,500원.

〈유럽 여행기: 동구 겨울 여행〉 집착이 삶의 무게라고. 부크크. 2019. 국판 칼라 300쪽. 24,900원 / 전자책 3,000원.

〈포르투갈 스페인 여행기〉 이제는 고생 끝. 하느님께서 짐을 벗겨 주셨노라! 부크크. 2020. 국판 칼라 200쪽. 14,500원 / 전자책 2,500원.

〈미국 여행기 1: 샌프란시스코, 라센, 옐로우스톤, 그랜드 캐년, 데스 밸리, 하와이〉 허! 참, 이상한 나라여! 부크크. 2020. 국판 칼라 328쪽. 27,700원 / 전자책 3,000원.

〈미국 여행기 2: 캘리포니아, 네바다, 유타, 아리조나, 오레곤, 워싱턴〉 보면 볼수록 신기한 나라! 부크크. 2020. 국판 칼라 278쪽. 21,600원 / 전자책 2,500원.

〈미국 여행기 3: 미국 동부, 남부. 중부, 캐나다 오타와 주〉 그리움을 찾아서. 부크크. 2020. 국판 칼라 286쪽. 23,100원 / 전자책 2,500원.

〈멕시코 기행〉 마야를 찾아서. 부크크. 2020. 국판 칼라 298쪽. 24,600원 / 전자책 3,000원.

〈페루 기행〉 잉카를 찾아서. 부크크. 2020. 국판 칼라 250쪽. 217,00원 / 전자책 2,500원.

〈남미 여행기 1: 도미니카 콜롬비아 볼리비아 칠레〉 아름다운 여행. 부크크. 2020. 국판 칼라 266쪽. 19,800원 / 전자책 2,000원.

〈남미 여행기 2: 아르헨티나 칠레〉 파타고니아와 이과수. 부크크. 2020. 국판 칼라 270쪽. 20,400원 / 전자책 2,000원.

〈남미 여행기 3: 브라질 스페인 그리스〉 순수와 동심의 세계. 부크크. 2020. 국판 칼라 252쪽. 17,700원 / 전자책 2,000원.

우리말 관련 사전 및 에세이

〈우리 뿌리말 사전: 말과 뜻의 가지치기〉. 재개정판. 교보문고 퍼플. 2016. 국배판 양장 916쪽. 61,300원 /전자책 20,000원.

〈우리말의 뿌리를 찾아서 1〉 코리아는 호랑이의 나라. 교보문고 퍼플. 2016. 국판 240쪽. 11,400원 / e퍼플. 2019. 전자책 247쪽. 4,000원.

〈우리말의 뿌리를 찾아서 2〉 아내는 해와 같이 높은 사람. 교보문고 퍼플. 2016. 국판 234쪽. 11,100원.

〈우리말의 뿌리를 찾아서 3〉 안데스에도 가락국이……. 교보문고 퍼플.
2017. 국판 239쪽. 11,400원.

수필: 삶의 지혜 시리즈

〈삶의 지혜 1〉 근원(根源): 앎과 삶을 위한 에세이. 교보문고 퍼플. 2017.
국판 249쪽. 10,100원.

〈삶의 지혜 2〉 아름다운 세상, 추한 세상 어느 세상에 살고 싶은가요? 교
보문고 퍼플. 2017. 국판 251쪽. 10,100원.

〈삶의 지혜 3〉 정치와 정책. 교보문고. 퍼플. 2018. 국판 296쪽. 11,500
원.

〈삶의 지혜 4〉 미국의 문화와 생활, 부크크. 2021. 국판 270쪽. 15,600
원.

〈삶의 지혜 5〉 세상이 왜 이래? 부크크. 2021. 국판 248쪽. 14,000원.

〈삶의 지혜 6〉 삶의 흔적이 내는 소리, 부크크. 2021. 국판 280쪽.
16,000원.

기타

4차 산업사회와 정부의 역할. 부크크. 2020. 국판 84쪽. 8,200원 / 전
　　자책 2,000원.

사회복지정책론. 송근원. 김태성. 나남 2008. 국판 480쪽. 16,000원.

4차 산업시대에 대비한 사회복지정책학. 교보문고 퍼플 [양장]. 2008.
　　42,700원.

사회과학자를 위한 아리마 시계열분석. 교보문고 퍼플 2018. 국판 300
　　쪽. 10,100원.

회귀분석과 아리마 시계열분석. 한국학술정보. 2013. 크라운판 188쪽.
　　14,000원 / 전자책 8,400원.

지은이 소개

- 송근원

- 대전 출생

- 여행을 좋아하며 우리말과 우리 민속에 남다른 애정을 가지고 있음.

- e-mail: gwsong51@gmail.com

- 저서: 세계 각국의 여행기와 수필 및 전문서적이 있음.